TAKE
SHOBO

溺愛志願

恋人は檻の中

如月

Illustration
DUO BRAND.

蜜猫
MitsuNeko

溺愛志願　恋人は檻の中

contents

イラスト／ＤＵＯ　ＢＲＡＮＤ.

溺愛志願

恋人は檻の中

プロローグ

長い指が、ベアトリーチェの足を這《は》いあがる。

彼女は鉄格子を両手で握りしめ、必死で声を殺しながら、背徳的なその行為に微《かす》かな恐怖と抗《あらが》い難い好奇心を覚えていた。

「震えているのか?」

「いいえ、大丈夫です――。早く、お願いします」

看守がいつくるかと思うと気が急《せ》いて、懇願するような声になってしまった。

「傷つけはしないから、安心しろ」

彼の声が艶《なま》めかしく響く。ピンの尖《とが》った感触が柔らかい肌に当たり、触れていない場所まで粟立《あわだ》った。

「今日はいくら握らせた?」

「二デカート」

と彼女が答えると、彼は喉の奥で笑った。

「十デカートも握らせたら、最後までやらせてくれそうだ」

ベアトリーチェにはその意味はわからなかったが、彼女の望みどおりに全てを教えてくれるということだろうか、とぼんやり思った。

「……あっ」

ドロワーズの下、ぎりぎりのところで彼の手が動き、思わず声が漏れてしまった。

内腿《うちもも》をピンが移動し、文字の形を書いていく。インクはないが、彼に手首を掴《つか》まれただけで赤くなるほど刺激に弱い肌には、ピンでなぞればくっきりと跡が残るはずだ。

名も知らぬ男性に柔肌をまさぐられ、ベアトリーチェは目眩《めまい》を感じて冷えた鉄格子を握りしめて耐える。唇を噛《か》みしめ、青い瞳を天井に向けると、そんな高い場所に誰がどうやって書いたのか、『タスケテクレ』と落書きされていた。

第一章

　ここ数日、どことなく風の匂いが甘いのは、トラモント山の裾野に広がるギンバイカの蕾《つぼみ》が膨らんできたからだろう。今はまだ、ほんのりとした香りでしかないが、夏になると、もっと強い芳香が流れてくる。石畳と堅固な城壁に囲まれた陰鬱《いんうつ》な城に、ひと吹きの希望をもたらすように。

「お嬢さん、お出かけですか？」

　ベアトリーチェが馬車に乗ろうとしていた時、ジョバンニが声をかけてきた。父子で総督の馬番をしている、素朴でよく働く青年だ。

　彼は必ずといっていいほど、馬車を見かけると寄ってきて、馬の首を撫《な》でて褒《ほ》め称《たた》える。

「ええ、ちょっとね」

　ベアトリーチェは、微風にさわさわと揺れる髪を押さえた。金の髪は生母譲りで、あまりにも艶《つや》やかで細く、銀のピンで留めてもすぐに乱れてしまう。

「きれいな髪をしておられますなあ」

「まあ、ジョバンニ。馬の毛は髪とは言わないわ。それをいうならたてがみよ」

「いいや、お嬢さんの髪のことですよ。髪だけじゃない、青い目も宝石みたいだと、召使いたちもみんな褒めてますよ。アルマンド様は幸せ者だなあ、カレンツ一美しいお嬢さんをお嫁さんにもらえるのだから」

ジョバンニが珍しく、馬の話をしないので驚きながらも、白い陶器のような、傷ひとつない肌を朱に染めて、ベアトリーチェは微笑《ほほえ》んだ。

「ありがとう、ジョバンニ。でも褒めすぎだわ。もっと美しい人はいくらでもいるから、そんな失礼なことを言ってはだめよ」

「あっ、そうだった。ほかの女に聞かれたら、袋叩《ふくろだた》きに遭ってしまいますね。どうか、ここだけの話で！　……でも、私はやっぱりお嬢さんがカレンツ一の美人だと思いますよ。今日もご婚礼準備のお買いものですか。式が急に早まって忙しそうですね」

いつになく彼は饒舌《じょうぜつ》だ。

「いいえ、婚礼準備ではないのよ。大きい声では言えないけど、書籍商に行くの」

すると、ジョバンニは辺りをはばかるように小声で言った。

「本を探しておられるんですか。私には全くわかりませんが、確か、アルマンド様はそういったものは……」

「ええ、お嫌いなのは知っているわ」

「そうですか。でしたら、どうして――」

ジョバンニに言うことではなかったと、ベアトリーチェは後悔した。それでも言わずにいられなかったのは、婚礼を前に浮かれていると思われるのが心外だったからだ。

たとえ相手が次期総督であろうと、彼女自身の望まぬ結婚だった。どうかお断りくださいと、泣いて懇願しても、父は聞き入れてくれなかった。

ひと月後の婚礼と決まっていて、城内外にもすっかり知れ渡ってしまっているが、どうしてもベアトリーチェは受け入れられない。

「いや、よけいなことを言いました。さ、お気をつけて」

ベアトリーチェが答えに詰まっていると、ジョバンニは何かを察したのか、彼女に手を貸して、馬車に乗せると去っていった。


ベアトリーチェの乗った馬車はカレンツ随一の大橋に差しかかった。

橋の両側には商店街が並び、木ずりに漆喰《しっくい》を塗った飛び出し屋根の下で宝飾品や肉屋、薬屋、毛皮屋が生業を営んでいるが、客もまばらで活気はなく、廃業した店の軒下は放浪者や物乞いの宿になっている。

放浪者はどこにでもいるものだが、ここでは子どもの数も多い。育ち盛りだろうに、病人のように道端に寝そべっている子もいれば、怠《だる》そうに腰を下ろしている子もいた。皆、粗織りの衣はほころびだらけで薄汚れ、どの子も痩せていて生気がなく、物憂げに、通り過ぎる馬車を見ている。

カレンツは今、ひどく重い病を抱えている。

都市を分断するアルテ川を越えて大橋を西へ渡ると、前方はるかにトラモント山が見える。川の西側には、かつては彫刻師や絵師、ガラス師の工房と画廊などで賑《にぎ》わっていたらしいが、今では蹄鉄《ていてつ》師や甲冑《かっちゅう》師、鉄砲鍛冶が取って代わり、文学の小路と言われていた街路には娼館が並んでいる。

さらに行くと、祖父の墓のある聖ペルペトュス聖堂に至る。

老朽化がひどいが、やがて祖父の喜捨《きしゃ》により美しく改修されるのではないだろうか。広場の真ん中には焼け焦げて崩れた木組みの櫓《やぐら》のようなものがあるだけだ。

「あそこでは昔、司教様が猛反対されたにも関わらず、たくさんの絵画や本が燃やされたらしいですよ。御聖堂もすっかり荒れ果ててしまいました」

と、来る道すがら、馬車窓から指を差して、召使いのエルダが教えてくれた。

二十年前のそのできごとは、ベアトリーチェにとっては歴史の一部として知っているに過ぎないが、当時既に成人していたエルダには強烈な印象となって心に残っているようだ。

「それは、カルロ総督のご命令だったのでしょう」

「そうです、エミリオの乱をいち早く沈静化なさった傭兵《ようへい》隊長が、そのまま総督になられて、はや二十年です」

「エミリオの乱……」

「総督が暴漢により刺殺され、弟のエミリオ氏の謀略なのでそう呼ばれていることは、誰もが知っているとおりです。事件当日、総督夫人は、ちょうどお産を控えて山荘《ヴィッラ》におられましたが、お腹《なか》の御子《みこ》ともども、やはり殺されてしまいました。トラモント山の麓《ふもと》の山荘が火に包まれる様子を……私も鐘塔《しょうとう》から見たのを覚えております」

「ロマーニ家に世継ぎが生まれていたら、少しは世の中が変わっていたのかしら」

「さあ……生まれていたとしても、暗殺者に狙われてしまったのではないでしょうか。……ああ、ここでございますね、お嬢様。随分道が狭いようです」

「いいわ、下りて歩きましょう」

通り沿いに並ぶ石造りの建物も廃業したのか、ほとんど鎧戸《よろいど》が下りてしまい、書籍商の集まる通りのはずなのに、ひどく寂れている。

「なんだか物騒な感じがします。本当にこの道でよろしいのでございますか?」

一歩控えてエルダが言った。健康的な丸顔の彼女はリネンの帽子を被り、褐色のくるぶし丈のドレスの肩に、帽子と揃《そろ》いのショールを羽織っている。

ベアトリーチェは振り返って言った。

「お爺様《じいさま》は、このバルディ通りにはたくさんの書房が並んでにぎやかだった、っておっしゃっていたのよ……随分昔だけど」

パールのピンで飾り付けた金色の髪が、春の風に揺れる。

馬番のジョバンニまでが褒めてくれたこの髪は、毎晩エルダが梳《くしけず》ってくれる。

ほっそりとした身体を包む前開きのチュニックからは、帽子と共布のベルベットのアンダースカートが覗《のぞ》き、ウエストには宝石細工のチェーンのベルトが一本下がっていて、彼女が歩くたびにきらきらと輝いていた。

カレンツにおいても、また近隣のミロン、ブニーズにおいても、金色の豊かな髪と青い虹彩《こうさい》は美の象徴と見なされている。

エルダが思案顔で言った。

「大旦那様がお元気な頃のお話でございますね。あれから、町の様子も郊外の様子も、随分と変わってしまいました」

「わたくしは、お爺様ともっとたくさんお話をしたかった。最期の時に間に合ったとはいえ、いろいろと後悔が多いの。小さい頃、あんなに可愛《かわい》がっていただいたのに……」

「それは仕方ありません。旦那様と大旦那様は折り合いが悪かったのですから」

「ロマーニ派を支持するのは危険だけど、わたくしはお爺様のお考えのほうが素敵だと思ったわ。前の総督閣下は芸術家や文学者を支援していたそうですもの」

「そんなことをおっしゃってはなりません。どこからアルマンド様のお耳に入るかしれやしませんから。それに、さっきの子どもたちをご覧になりましたでしょう？　……よくお考えください。お嬢様がこのような恵まれたご身分でいられるのも、旦那様のご英断のおかげなのです」

生母亡き後、エルダはベアトリーチェを守り育てる役目を一手に引き受けてきた。

「そのとおりよ。でも、あの方と結婚したら、好きな本も読めなくなります。書房に来ることももう――。今しかできないの」

「そもそも、挙式を控えたお嬢様がこのようなうらぶれた場所に出入りなさるのは感心いたしません。いったい何のご本をお探しなのですか？　お嬢様自ら歩き回らずとも、旦那様にお願いなされば手配してくださるのではありませんか？」

エルダはやさしいだけではなく、言いにくいことも主のためには歯に衣着せず言ってくれる身内同然の人間だ。しかし、そんな彼女にも秘密にしていることがある。

「できないのよ、どうしても。お父様には言えないことなの」

「実の親御様にも言えない秘密をお持ちになるなんて……本当にこれで最後になさってくださいまし。これ以上の外出は無理でございますよ、旦那様に言い訳が立ちません」

「わかってるわ、エルダ」

半ば諦め心地でベアトリーチェがさらに歩みを進めると、ひっそりと店を開いている小さな商店が見えた。

――ウバルド書房
鉄の看板の下、半開きになったアーチ型の木戸にはさびた鋲《びょう》が打ち付けてあり、古色蒼然《こしょくそうぜん》とした趣があるものの、随分小さな店だ。これでは目的の本など望めそうにない。

「エルダはここで待っていて」

そう言いおいて、ベアトリーチェひとりが店内に入った。外から見たとおりの狭い店だが奥行きは思ったより随分と長く、両側の壁全てが書棚になっていた。

「いらっしゃいませ、何をお探しですかな？」

痩せた男は店主だろうか、深緑色のダブレットに同色のベルベットのブリーチズ、腰には革のベルトをしめていた。とがった顎と頬《ほお》に髭《ひげ》をたくわえており、窪《くぼ》んだ眼窩《がんか》から覗く暗緑色の虹彩は怪訝《けげん》そうにこちらを観察している。

『若い女がこの店に何の用件だろう』とでも思っているのか、あるいは金になる客かどうかを見定めているのかもしれない。

「この辺りにはもっとたくさんお店があると聞いてきましたの。でも、こちらだけでも開いていてよかった」

「昔はよかったんですがね、……ここ十年ですっかり廃れてしまいました。学芸の楽園なんて、もうどこにもありません。ご覧のとおり、学生なんかひとりも通りませんし――写字生もここでは立ちゆかなくなりまして、今では監獄の囚人に安い賃金で筆写をさせております」

そこまで言って、店主は長いため息をついた。

異国では、型を作って刷り上げる安価な書物も考え出されたというが、ここではまだ、主流は手書きの筆写本である。幾多の手を経て作られる本は学者の一年分の収入が飛んでしまうという高額な代物である。

「語彙目録《レキシコン》はどこに並んでいますか？」

ベアトリーチェがそう言うと、彼は、どうぞこちらへ、と言って彼女を店の奥へと案内した。

そこには書棚の二段に渡って『レキシコン』の背表紙が並んでいる。青い瞳を据えて、彼女は一冊、一冊確認していったが、特徴のある文字列は見つからない。

「何語の語彙目録をお探しですか？」

これまでも何度も書籍商に同じことを問われたが、ベアトリーチェは答えず、自力で探そうと目を凝らすばかりだった。

だが、これが最後だと思うと、ためらいを押しやって言った。

「ヴァラム語です」

一瞬、店主が押し黙った。

貴族の子女といえど、ヴァラム語を習うことはまずないし、必要もない。

それどころか、今の世で声高に言うことさえはばかられる言葉だ。

ヴァラム語は、かつては教皇庁と知識人の間で使われていたが、教皇を支持していたロマーニ家が倒れた今では全く使われていない。

「それは……当店にはございませんな。おそらくよその店をお訪ねになっても難しいでしょう。エミリオの乱以降、そういったものの大半は焼かれてしまいましたからな。文学も芸術も信仰も全て燃えてしまいました」

老いた書籍商の、今の世を嘆くような口振りは、生前の祖父に少し似ている。

「覚え書き程度の教科書でもいいのです」

「……お嬢さん、ヴァラム語にどうして関心がおありで？　あれは生半可な気持ちで学べるものではございません。辞書を引けるようになるまで一年はかかります。ひとつの動詞に三十通りの活用があるんですからな」

「ヴァラム語をご存じなんですか？」

「いや……ひどく難しいということを知っているだけでございますよ。どなたかに頼まれていらしたのですか？」

「いいえ、わたくしが読みたい本があるのです。とても古い本を見つけたので……」

それは嘘《うそ》だ。祖父の残した写本がヴァラム語で書かれているが、生前、誰にも見せるなと厳しく言われたため、相談できる人がいない。

「悪いことは言いません、ただの好奇心ならおやめになったほうがよろしいですよ。総督もそういった類の文芸を嫌っていらっしゃいますし……とにかく、うちにはありませんなあ。残念ですが」

やはりそうか、とベアトリーチェは思った。

これで最後の望みも潰《つい》えてしまった。

ヴァラム語の辞書などもうこの町には一冊もないのだ。

カレンツは、かつてはフランチェスコ・ロマーニを総督《ドージェ》とし、民意を取り入れた共和制が執られていた。彼は文芸に力を入れていたため、町には学生や芸術家が闊歩《かっぽ》し、華やかな文化が開花した。

しかし、エミリオの乱後、武力を重んじる新総督から迫害を受けた芸術家たちは活躍の場を失い、ミロンやヴニーズへ逃れてしまった。

こうした背景があって、カレンツの文化は活気を失い、異国の商人の姿もほとんど見ない。人々は貧困に喘《あえ》ぎながらも、ロマーニ派の時代を懐かしむことも、その古きよき時代の遺産を愛《め》でることも堂々とはできないのだ。

「それならけっこうです。ありがとうございました」

ベアトリーチェは肩を落とした。

ここを出たらもう探す当てもない。

こうして出歩くことも、日に日に難しくなっている。

もう祖父との約束は果たせないかもしれない。

「お嬢さん」

店を出てエルダに話しかけようとした時、後ろから、店主が声をかけてきた。

ベアトリーチェが振り向くと、彼は呼び止めておきながら一瞬ためらうそぶりをし、ひと呼吸おいてから口を開いた。

「……もしよければ、その文書を預けてみませんかね？　実は——知り合いにヴァラム語を理解する人間がいないこともない」

「……え？」

「写しでもかまいませんよ。わしが翻訳を頼んでみましょうか」

ベアトリーチェの心の中で、希望と警告の二つがぶつかり合った。

店主が最初、ないものはないなどと言ったのは、ベアトリーチェを警戒していたのだろう。それがどうして解けたのかわからないが、協力しようと言ってくれている。

彼の眼差《まなざ》しに欺瞞《ぎまん》の色がないか、ベアトリーチェは注意深く見た。狡猾《こうかつ》そうには見えないが、自分が他人の本質を見抜くほど聡明《そうめい》ともしたたかとも思わない。

——これは最後のチャンスなのだけれど、信じて大丈夫かしら。

判断はつかないが、これだけは確かだ。祖父の形見を他人に見せるわけにはいかない。

「ありがとうございます。でも、今は手元にありませんので、また参ります」

用心して、彼女はそう答えた。写本の写しはパースに入れて持ち歩いているが、手の内を明かす前に考える時間がほしい。

「そうでしょうな。……しかし、急いだほうがいいですよ。その人物は近いうちに遠くへ行ってしまうと思われますので」

「それでは、その人の連絡先を教えていただけませんか？」

「わしもよく知らないのですよ。今、彼がどこにいるのか、ということしか知りません」

なんて無責任な、と彼女は内心憤慨したが、こらえて穏やかに言った。

「その方は今どこにいらっしゃるのですか？」

店主は探るような目つきでベアトリーチェを見ると、小声で言った。

「監獄ですよ、お嬢さん。……彼は囚人なんです」

＊　＊　＊

不可能だ、と思った。

世間知らずな自分が監獄へ、囚《とら》われ人《びと》に会いに行くなんて。しかも、相手の素性も名前もわからない。十七番、という番号しか――。

ピエトロ・マルファンテといえば一介の公証人から側近へと大抜擢《だいばってき》されたことで名高く、小さいながら、コンスタンティーニ城内に、総督《ドージェ》から邸宅を与えられるほどの寵臣《ちょうしん》である。その娘も、末は総督夫人になる身だ。軽率な振る舞いは許されない。

「とんでもございません！　監獄にいらっしゃるなんて！　……これに懲りて、明日からは奥様のおっしゃるように、心静かにお屋敷でお過ごしくださいませ。気晴らしの散歩なら城内の中庭でもじゅうぶんでございましょう」

これまでも未婚の女性が父親のお供でもないのに出歩くことを慮《おもんぱか》っていたエルダがそう言うのも無理はない。

「どうか、これからは、本や芸術のことはお忘れになって、ご結婚のことだけをお考えくださいませ。それがいちばんの幸せなのでございますよ」

「……エルダはわたくしの結婚を本当に祝福しているの？」

本当に、というところに皮肉の意味を込めて問いかけると、エルダは思案顔で馬車窓の外へと視線を投げた。

「次期総督のアルマンド様といえば、夫としてそれ以上に強い権力をお持ちになる殿方は他におられませんから……」

何の不満がございましょう、と続くかと思ったが、エルダは言葉を濁らせた。彼女にも一抹の不安があるのではないだろうか。

この縁談は、父の、そしてマルファンテ家の輝かしい将来を約束するものであり、大変な玉《たま》の輿《こし》というべきだった。

——でも、わたくしはあの方が恐ろしい。

粗野で残虐。許婚《いいなずけ》を端的に表すならそれがもっともふさわしい。

晩餐《ばんさん》に招かれた時に、彼の食事作法には思わず顔を背けたくなった。

常に音を立てて食べ、体をボリボリと掻《か》いたり、テーブルクロスで鼻をかんだり、隣席に座らされたときは、彼がしゃぶった骨を乱暴に鉢に戻したため、ベアトリーチェのドレスに肉脂が飛び散ったが、彼は何食わぬ顔をしていた。

しかし、素朴な人柄と思えば、そこまではまだ我慢できる。

どうしても、どうしても耐えられないことがあるのだ。

「許婚であるお嬢様にはたいそうおやさしいですよ。連日、なにかしら贈り物をくださって——。ですから、若いうちは多少荒くれていても、殿方というものは結婚によって穏やかな心持ちになるのではないでしょうか」

彼女の口調には、祈りのような懇願のような響きが籠もっていた。

そこにすがるしかもう望みはないのだろうか。


馬車はカレンツの大通りを抜け、アニーチェ劇場のソットポルテゴ《トンネル》をくぐり、長い坂道を上がってコンスタンティーニ城へと入った。

馬車の進みが急に遅くなったと思うと、鐘楼から鐘の音が鳴り響き、広場に人だかりがしている。早鐘でもなく、時を告げる鳴らし方とも違う。

ベアトリーチェの身体から血の気が失《う》せた。

今、彼女の最も恐れていることが起ころうとしている。

「また、処刑が始まることを告げる鐘でございますよ。近頃頻繁に鳴ります。お嬢様、ご覧にならないほうがよろしゅうございます」

エルダがそう言ったのも遅かった。人々のどよめきが聞こえたかと思うと、広場前のアーチのテラスから黒い塊が落下し、それは空中で止まって振り子のように左右に揺れ始めた。そんな光景を気の弱いベアトリーチェに見せまいとしたのか、エルダは体で馬車窓を塞ごうとしたが、間に合わなかった。

ぶら下がっているのが人だとわかった時には、腹から苦いものがこみ上げてきた。ああ……、という悲痛なベアトリーチェの声は、哄笑《こうしょう》によってかき消された。

「馬番の息子、ジョバンニを反逆罪で処刑した！　旧ロマーニの像を崇《あが》めた罪だ。地獄で悔いるがいい」

「まあ……まあ……、なんということ！」とエルダが嘆いた。

「どうしたの？　何があったの、エルダ？　誰があそこにいるの？」

ベアトリーチェは恐ろしくて正視できないので、彼が見せしめのためにたださらし者になっているだけなのか、首を括《くく》られた状態なのかまでは見極められない。

ただわかるのは、処刑を実行したのが許婚のアルマンドだということだ。カレンツにも、罪人を裁判をせずに処刑してはならないという法があったはずだが、アルマンドが実権を握ってからは全く無視されている。

エルダはこんな時も気丈に事態を見定めている。

「処刑されたのは、ジョバンニでございます。馬番の……息子のほうです！」

「……えっ」

ベアトリーチェは耳を疑った。出かける前に、言葉を交わしたことが鮮やかに蘇《よみがえ》る。

純朴で真面目な青年であって、もめ事を起こすような人物では絶対にない。

「そんな…なぜ、ジョバンニが？」

「反逆罪だそうです！」

今、ただ重力と慣性によって揺れ動いているだけの物質と化した若者が、出がけにカレンツ一美しいと褒めてくれた馬番の青年だなんて。

――嘘……！

「旧ロマーニのブロンズ像って……あの、ボロボロになって厩《うまや》の裏に放ってある塊じゃないですか。馬番なら嫌でも通りかかりますから、崇めていたわけではないと思います。そんなことで処刑なんて言いがかりですよ」

　エルダも信じられないというように叫んだ。

　彼もベアトリーチェと同じで子どもの頃に母を病で亡くし、ヤコポが男手ひとつで育てた。ヤコポにとってもかけがえのない息子だったはずだ。馬の病気にも詳しく、よく働くいい若者だった。

「ひどい……」

　馬車の座席にベアトリーチェが崩れ落ちる。エルダがその体を支えて抱きしめてくれたが、彼女の声も震えていた。

「むごい、なんとむごいことを……！　ジョバンニはまだ二十歳ですよ。今朝私たちを見送ってくれたのが最後だなんて！　誰にもやさしく、おとなしくて素直なジョバンニが、反逆なんてするはずありゃしません」

「エルダ、嘘だと言って。信じられないわ。嘘でしょう？」

「ああ、これは悪い夢です。そうに違いありません――」

　エルダは丸顔に似合わぬ厳しい表情をして、決然と言った。

「ですが、醒《さ》めることのない夢です。それでも避けられぬ運命なら、私は……何があってもお嬢様をお守りすると誓います」

狭量なだけではなく残酷な領主の下で、陰鬱な空気の漂う城内だったが、その日はいっそう重苦しい雰囲気に沈み、軽口をたたく使用人はひとりもいなかった。

食欲などいっさいなかったが、ベアトリーチェはマルファンテ家の食事室に顔を出した。側近として、ジョバンニの処刑について父がどう思ったか、それを知りたかったからだ。

彼は何事もなかったかのように罪なき若者の処刑を見届け、黙々と料理を口に放り込んでいる。ベアトリーチェは一口ものどに通らないのに。

ほとんど会話もなく、重苦しい食事室の中央に置かれた蠟燭《ろうそく》立てだけが誇らしげに輝いている。英雄が大きな果実のようなものを片手にぶら下げている立像で、彼の足下の小岩に蠟燭を立てるデザインになっている。

黄金でできた贅沢《ぜいたく》な品だが、昨日までそんなものはなかったのに、とベアトリーチェがそれを見つめていると、継母のダニエラが言った。

「アルマンド様からの贈り物ですよ。メデューサの首をもつペルセウスを題材としたもので、首のモデルは逆賊エミリオ・ロマーニだそうです」

「えっ」

ベアトリーチェは思わずおぞましいものを見たような声を上げてしまい、父ピエトロに睨《にら》まれた。エミリオ・ロマーニとは、先の総督の実弟で、総督暗殺事件の首謀者として処刑された貴族である。

「ベアトリーチェ。あなたはまだ生まれる前のことなので知らないでしょうけど、カルロ傭兵隊長が総督になられた時に、当時はロマーニ邸だったその城の前庭に飾られていたのと同じポーズの、ペルセウスの黄金像が作られたというわけよ」

ダニエラが言うように、ベアトリーチェは確かに生まれていなかったが、そのいきさつは祖父から聞いて知っている。彼女は継母に応えた。

「はい、知っています。ロマーニ邸にあったその像は、芸術性の高い美しいブロンズ彫刻だったと聞いていますす」

「あら、厩の裏に捨てられている汚らしい像のどこが美しいの？　今の彫像は黄金に輝くとても高価な芸術品ですよ」

英雄ペルセウスの顔は現総督のカルロ・コンスタンティーニに、メデューサは罪人のエミリオに似せたものに替えられ、今も広場の中央に立っている。

断絶したロマーニ家の家臣たちは、この巨像にひれ伏し、逆に旧ロマーニ邸にあったブロンズ像を罵倒しながら棒で叩《たた》きつけて見せることを強要され、どうにか追放だけで許されたという。そのため、ブロンズ像のほうには無数の傷がついており、厩の裏に放置されている。

それを崇拝した咎《とが》で、ジョバンニは処刑されたのだ。

「あなたのお父様はいちばんに黄金像にひれ伏し、いちばんにブロンズ像を叩いたの。素晴らしい選択だったわ。今あなたが贅沢をしていられることの意味をよく考えなさい」

ダニエラはそこがいちばん重要だ、というように強調したが、ベアトリーチェが父を盗み見ると、彼の顔は青ざめ、頬が強張《こわば》っていた。

コンスタンティーニ家によるロマーニ家一族討伐のあまりの激しさを目の当たりにして、父が苦悩の末に下した決断だっただろう。その後父と祖父は袂《たもと》を分かつことになった。

亡き母は、その時の夫の心情を思って泣いたというし、家族でも使用人の間でもそれについて口にするのは禁忌となっていたのに、後添えのダニエラは誇らしげに言う。

「さあ、拗《す》ねた態度はやめてお食べなさい。美しい燭台に照らされた料理を。そんな顔をしていては反逆罪に問われるわよ」

この趣味の悪い燭台を晩餐用のテーブルに置くなんて、この先どんな美味《おい》しい料理が出されても食欲は戻りそうもない。

「アルマンド様からあなたにも届いたけれど、見た？　あなたへの贈り物は生首のネックレスではなかったけど。金と銀の——確か、蛇かカエルのブローチよ」

そして彼女は含み笑いをした。ルッチェ工房で染め上げた赤紫色のドレスを着た彼女は総督の遠縁で、寡婦となっていたがアルマンドの勧めでピエトロの後添えとなった。ダニエラは金の燭台をまばゆそうに見つめて言った。

「身につけなくても、持っているだけでも大変な値打ちよ。この燭台もそうね。何万デカート……？　ご令息があなたに入れ込んでいるおかげでうちは安泰ね。見た目が美しいということはいいことよ。あなたも玉の輿に乗れて嬉《うれ》しいでしょう？」

「いいえ、お継母様《かあさま》、わたくしは……あの方との結婚を望んだことはありません。お爺様も反対していらっしゃいました。ご遺言にあったそうですね？」

祖父は遺言書の中で『孫のベアトリーチェの結婚』に干渉していた。コンスタンティーニ家の一族との結婚を強要した場合はピエトロの相続分全てを教会に喜捨せよというものだった。

それでも両親は婚儀を進めている。

粗野なのは仕方ないが、今日アルマンドが行った私刑を目の当たりにして、ベアトリーチェはもう限界だと思った。

「ベアトリーチェ」

父の厳しい声が投げかけられた。

「親に口答えするとは何事だ。おまえの祖父だった男のことは二度と口にするな。マルファンテ家の恥だ」

ベアトリーチェは唇を噛みしめた。

――お爺様のことをそんなふうに……！

もし生みの親だったなら、野蛮な男と娘の結婚を不安に思うはずだ。

父は、いつの頃からか正義感というものを捨ててしまったようだ。母の生前は、父はもっと人間らしかった。

ダニエラが勝ち誇ったように言った。

「遺言も何も、遺産など一切相続していません。それを放棄しても余りある栄誉が待っていますからね。そんなくだらないもので人を操ろうなど姑息《こそく》なのよ。あなたを産んだ女はどういう躾《しつけ》をしてきたのでしょうね？　親や許婚の行いを糾弾するなんて」

「でも――ジョバンニにはなんの罪もありません」

父の持っていたナイフが陶製の皿に当たって騒々しい音を立てた。ベアトリーチェはびくりと身を縮めたが、予期したような父の怒号は浴びせられない。予想以上に父に鉄槌《てっつい》を下してしまったかもしれない。

父が、側近として、アルマンドの暴挙を止められなかったのは仕方ない。それならそれで、ジョバンニやその家族に対して力が足りなくて申し訳なかったという気にならないだろうか。

父の態度からみると、あれは自分の見た白日夢のように思えてくるのだが、今、このあまりにも重い沈黙にそれが現実だったと思い知らされた。

「難しい年頃ですもの。生《な》さぬ仲《なか》ですし、仕方ないわ」

と、ダニエラが被害者のような声音で言うと、「言いたくはなかったが」と、父親も付け足した。

「ジョバンニが今朝、おまえにことさらに親しげに話しかけたというのは本当か？」

唐突に問われて、ベアトリーチェは驚いて父を見た。

「確かに立ち話はしましたけれど、親しげだなんてそんな……ごく普通の挨拶でした」

だからといって、それが何なのだろう。

「それならいいが、今後は行動に細心の注意を払え。誤解を招くことはするな、ベアトリーチェ。この結婚話は覆ることはない。妻として彼に尽くし、夫がよい総督《ドージェ》になるように導くことができれば、市民も喜び、おまえも人の世に役立つのだ。運命と思って受け入れろ」

「お父様は、どうしても彼と結婚しろとおっしゃるのですか？　わたくしのことがお気に召さないと、テラスから吊《つ》るされることになっても？」

「アルマンド殿はそんなことはなさらぬ！　口を慎め」

空気を震わすような厳しい物言いに、居合わせた従者までが身を強張らせ、姿勢を正した。

「おまえには、決して手を出すようなことはなさらんからこそ、差し出すのだ。気に入らないことがあろうとおまえに危害は及ばぬだろう。——おまえの大事にする者どもを見せしめに処刑することはあろうが」

同じことだ、いや、それよりひどい。

と、ベアトリーチェは思ったが、もう口には出さなかった。

「あとひと月だ、今から荷物をまとめておけ。身ひとつで来ればいいし、気に入りの召使がいればそれも一緒に連れてきてよいと言っておられる。むろん、おまえが望むなら、エルダを連れていってよい。寛大なお方ではないか、おまえにはもったいないくらいだ」

最後は相変わらずの強引な幕引きだったが、途中で一瞬ピエトロが言葉を濁したことが珍しく、ベアトリーチェの心に引っかかった。

――誤解を招くことってどういうこと？

それとジョバンニの処刑とどういう関係があるのか。

ベアトリーチェは、不吉な予感に胸を震わせ、金の燭台からテーブルに写る光を見ていた。

＊　＊　＊

その夜、ベアトリーチェは寝室にエルダを呼んだ。

「お嬢様、今夜はなかなかお休みになれないでしょうから、お茶をお持ちしました。ギンバイカのお茶でございます。心が落ち着きます」

ギンバイカは、夏になると真っ白な花を咲かせ、花も葉も実も芳香を放つ植物だ。ほんのり甘い香りのするお茶がベアトリーチェを慰めることを、エルダはよく知っている。

彼女がティーセットを持って入ってきた時、ベアトリーチェは宝石箱から月長石のブローチやルビーのネックレス、ガーネットとエメラルドを嵌《は》めこんだ金の鎖のベルトなど、さまざまな宝飾品を取り出してベッドの上に並べていた。

「ありがとう。……そうなの、とても眠れそうにないわ」

ベアトリーチェはカップを受け取り、ギンバイカのお茶を飲んだ。やさしい味だ。

物心ついた時から、これが好きだった。最愛の母を失った時も、新しい母が来て、棘《とげ》のある言葉を投げかけられた時も、いつもエルダはこうして慰めてくれた。

「ジョバンニは、何の悪気もなかったでしょうに……可哀《かわい》そうに」

他人の自分でもこれほど心が沈むというのに、彼の父親のヤコポの悲しみはいかほどか、想像もつかない。

お茶を飲み終わると、エルダが言った。

「あまりお考えにならずに……。御髪《おぐし》を梳《けず》りますか？　お嬢様の御髪はとても柔らかいので、お休みになる前も丁寧に梳《す》いておかなくてはなりません」

「今日は大丈夫よ。それより、これを見てほしいの」

ベッドの上に広げた宝石を彼女に見せたのには、理由がある。

「まあ、お美しい品々ですね。……この中からどれかを明日、お召しになるのですか？」

「いいえ、さっき、嫁ぐ日のために荷物をまとめろとお父様に言われたの。――この部屋とも、まもなくお別れだわ」

そう言ってベアトリーチェは馴染《なじ》んだ部屋を見回した。母亡き後は寂しいものだったが、それでも慣れ親しんだ家である。

「お嬢様――。私はそのお手伝いのために呼ばれたのですね。お気に入りのドレスを何着かお選びしますか？」

「ううん、そうじゃないの。……エルダには長い間尽くしてもらったから、これを持っていってもらおうと思って。どう？　とてもいい品よ。身に着けるなり売るなり、好きなようにしてかまわないわ。売れば一生暮らすに困らないだけの値打ちがあるから、とっておいて」

そう言って、彼女は長年仕えてくれたエルダに真珠のネックレスを差し出し、その首周りにあてがってみた。

「ほら、よく似合うわ」

彼女はベアトリーチェから見ると親の世代なのだが、ふっくらとしているせいか若々しく、まだ女ざかりとも見える。ベアトリーチェひとりに人生を捧《ささ》げたような生き方をしてきたが、彼女にも結婚という道はあったかもしれない。ベアトリーチェの世話係を終えた後は真珠を金に換えて故郷に帰ってもいい、生涯安泰に暮らせるだろう。

今ここで彼女と別れるのはとても辛いが、ベアトリーチェはもう決めていた。

「おやめください、ご冗談を。いったいどうなさったのですか？」

「あとひと月で、こうしてお話をすることももうなくなるのよ。どうか受け取ってちょうだい」

「もしや……ご結婚後のことを心配していらっしゃるのですか？　そのことでしたら、エルダも一緒に参りますから、どうぞご安心なさって、おやすみください」

彼女はベアトリーチェの決意をわかっていないのだ。結婚話が出た時から、ひとり召使いを連れていくならエルダと誰もが言っていたから。

「いいえ――エルダはここに残るのよ。お郷《さと》に帰ってもいいわね。……アルマンド様は、自分の妻には手を出さないだろう、でも周りにいる者たちはわからないってお父様がおっしゃったの。だからわたくしはひとりで行くわ」

ここでようやくエルダにも理解できたらしい。彼女の顔はさっと血の気が引いて白くなった。

「私を連れては行けないと、旦那様がおっしゃったのですか？」

「いいえ、お父様はそうは言っていないわ。でもわたくしが決めたの。結婚のことは諦めて受け入れることにしました。でも、犠牲者はわたくしひとりで十分。エルダに何かあったりしたらと思うと生きた心地がしないもの」

「そんな……旦那様のご命令でないのなら、エルダはお供します。私はお嬢様をお守りするために生きているのです。どうかお見捨てにならないでください」

「あなたのためよ。聞いて、ジョバンニのことなのだけれど――」

「ジョバンニのこと、でございますか？」

「ええ。お父様が言いかけて途中で黙っておしまいになったのだけれど、今朝出かける時、ジョバンニと親しく口を利かなかったか、と訊《き》かれたの。――まるで、あの処刑には、わたくしに原因があるかのような……そんな口ぶりで」

「まさか！　ごくあたりまえの挨拶をしただけでしょう。なぜそれがお嬢様のせいになるのでございますか？」

エルダがひどく驚いて反駁《はんばく》したが、やがて絶対にないとは言い切れないように自信なげに顔を曇らせた。思い当たる節でもあったのだろうか。

二人はしばらく黙り込んだ。

思い過ごしであってほしいが、もしも、アルマンドの婚約者と親しく口を利いたというだけで、彼の機嫌を損ね、処刑につながったとしたら——と考えると、心が凍りつく。

ベアトリーチェがエルダの手にすがると、彼女も力強く握り返してきた。

「……お嬢様は、ご自分を『犠牲者』とおっしゃるのですね。そこまでお嫌なのですね」

「今までだって、何度もそう言ってきたけれど、お父様は全く耳を貸してくださらなかった」

エルダはそのたびにベアトリーチェを励ましたり慰めたりして、なんとか結婚まで心静かに過ごせるようにと気を使ってくれた。使用人にすぎない彼女には、そうするしか方法がなかっただろう。

「アルマンド様は、早くからお嬢様を見初められ、心から妻にとお望みでいらして、以来お嬢様と旦那様に礼儀を尽くしてこられました。私は、女というものは愛されて嫁ぐことがいちばんの幸せだと信じていたのですが、そうではないのですね？」

「わたくしは、自分だけでなく、周りにいる人々をも大切にしてくれる方でなければ一緒にいたいと思わない。どんなにわたくしを愛してくれていても――」

ここでエルダに訴えたところで、どうにもならないのに、ベアトリーチェは思いのたけを吐き出さずにはいられなかった。

「お嬢様――」

「でも、これは逃れられない運命だというのね。あの方の暴走を止めて、みんなが穏やかに暮らせるようになるのなら、それがわたくしに与えられた使命だと。わたくしがそういうことで、少しでも世の役に立つのなら耐えるしかないのね？」

「非力な私をお許し下さい。私はそれを避ける方法を知りません」

「エルダを困らせるつもりはなかったわ。だから、わたくしの贈り物を受け取って」

「いいえ！　でしたら、尚《なお》のこと、この私をお連れください。こうしてお嬢様のお話を聞いてお慰めするのも私の役目でございます。どうぞ、思うままにお話しください、本心を」

「思うままに――本当に？」

「私を地面に掘った穴とでもお考えください。さあ、どうぞ、存分に！」

エルダは覚悟を決めたようにこちらを見据えた。ベアトリーチェは唇を噛《か》みしめた。

今、口を開いたら、醜い言葉があふれ出てしまう。

しかし、彼女の決意も長くは続かなかった。

「……たくない……」

「はい。お嬢様」

「わたくしはアルマンド様の妻にはなりたくない」

「ええ、わかっております」

「食事のお作法や立ち居振る舞いのひとつひとつに文句を言うのは傲慢かもしれないけれど、ほかにも——彼がわたくしを誘ってくださるのはいつも血生臭くて残酷な闘牛や槍《やり》試合。わたくしは図書館や大聖堂のほうが落ち着くの。彼は狩猟でいかに多くの獣の命を奪ったかを嬉々《きき》として語り続けるけれど、わたくしはお芝居や物語や詩について話すほうが好き」

許婚に対する不満が堰《せき》を切ったようにあふれ出た。陰口を叩くなんて悪いことだ。言ってもエルダが困るだけなのに、どうにもならないのに。

「お可哀相なお嬢様……アルマンド様が詩を吟じたり文学を語ったり、静かな場所で大人しく芸術を鑑賞したりということは永遠にないでしょう。それだけはわかります」

「わがままだとわかっているわ。家のために娘が駒のように動かされるのはいつの世でも同じね。でも、気まぐれに、正当な理由もなく家臣を処刑するなんて、尋常じゃないでしょう？正直に言うと、彼に近づくのもおぞましいの。……ここで婚儀を破談にしたら、お父様にはとても具合が悪いのよね？」

「はい、旦那様のお立場はかなり悪くなると思います」

「では、死ぬほど嫌でも行かなくてはならないのね」

　許婚を悪し様《あざま》に言うといつもエルダがたしなめていたから、今もそうかと思ったが、答えは違っていた。

「アルマンド様とお嬢様は、精神において明らかに住む世界が違うと思います。ただ――大切なお嬢様にはお幸せになっていただきたい、この気持ちは前も今も変わりません」

「でも覆ることはない。お爺様も強く反対していらしたけどだめだったもの」

「大旦那様も反対されて……」

「ロマーニ派のお爺様が、アルマンド様を受け入れられるはずもありません。コンスタンティーニ家はロマーニの政敵ですから」

「ですが、そういえばお嬢様は、ビチェリーノまで赴いて、婚約について大旦那様にご相談なさったのではございませんか？　私もお供したので覚えております」

「ええ……説得は無理でも、何かいい方法はないか、知恵を授けていただこうと思ってお見舞いにいったわ」

　エルダの言うとおり、彼女も同行したが、召使いは用件がすむまで使用人の部屋で待つことになっているので、祖父の家で何があったかは彼女は知らない。

「でも、お爺様はその時には既に衰弱がひどくて、お話も満足にできませんでした」

「そうでございましたねえ。お見舞いに行かれてから、ひと月と経《た》たないうちに亡くなられました。あの時会いにいらっしゃってようございました」

「でも、お爺様の心痛を増やしてしまったのではないかと、少し後悔しているの」

「その時に大旦那様は、何らかのご指示をくださったのではありませんか？　お嬢様がたいそう熱心に書籍商巡りを始められたのは、その頃からと記憶しております。何か関係があるのではございませんか？」

　ベアトリーチェは涙の浮かんだ目をエルダに向けた。さきほど、本当のことを話すようにと促しておいて、そこを問うとは強《したた》かだと思った。

「ジョバンニが死んだ時、私も覚悟を決めました。お嬢様がお幸せになるためにできる手立ては何でもやってみようと思うのでございます。さあ、お話しください」

　エルダの真摯な眼差しに心を打たれ、ベアトリーチェは話し始めた。

第二章

数ヶ月前のことだった。

父がアルマンドとの婚約を決めてしまい、悲嘆にくれたベアトリーチェは、カレンツ郊外に住む祖父を訪ねた。

生母が存命中は、強請《ねだ》れば連れてきてくれたが、母の死後は、コンスタンティーニ派である父が、祖父との接触を厳しく禁じていた。

公証人組合長までしていた祖父が、政権が変わって第一線を退いてからは、孫と触れ合うのが唯一の楽しみだったというのに、惨《むご》い仕打ちである。

ここ二、三年は手紙のやりとりも途絶えていたのに、突然おしかける無礼を承知の上で、祖父に泣きついたのは、ベアトリーチェがその婚約をどうしても受け入れられなかったからだ。

長患いをしている祖父に一縷《いちる》の望みを託して会いに行ったが、すぐにそれは失望に変わった。

「お爺様……、ベアトリーチェです」

枕元に屈《かが》んで彼女が挨拶をすると、祖父のジャコモは閉じていた目をうっすらと開けた。

彼は孫娘を見ると、手で宙を掻くようにして人払いの意志を示した。

ベアトリーチェにとっては、可愛がってくれた祖父がほとんど言葉も発せられないことに胸が張り裂けそうだったが、医師はこの反応だけでも奇跡的だと驚いていた。

「お爺様、ずっと伺えなくてごめんなさい」

半身しか動かせず、言葉もほとんど発せられないという祖父を、父の言いつけとはいえここまで放置してしまったのが何とも悲しく、申し訳ないと思う。

この上、相談ごとなどとてもできない。これほど衰弱した老人に、なにができるだろう。孫の苦悩をうちあけて、煩わせるだけだ。

しかし、祖父は強い眼差しで、どうしたのだ、と問うようにベアトリーチェを見つめた。言ってもいいのだろうかと彼女がためらっていると、祖父は二度、顎をかすかに動かし、続きを催促した。

「……実は、お爺様。わたくしの結婚相手が決まりましたの」

祖父の表情が動いた。期待と疑心の混じった目で、その先を待っているようだ。

「お相手は……アルマンド・コンスタンティーニ様です」

ジャコモの瞼《まぶた》に深い皺《しわ》が重なる。ぎょろりと剥《む》いた目は血走っていた。

「祝福してくださいます……？」

するはずがない。険しく寄せられた眉間に、拒絶と非難の色が見える。

そうとわかっているのに、こんな話を聞かせたことを彼女は悔やんだ。

「お爺様の意に沿わないことは存じていますけれど、お許しください。わたくしにはどうにもできないのです」

ベアトリーチェは、嘘が下手な自分に失望していた。病床の老人になんという心労をかけてしまったのだろう。アルマンドの名を言うべきではなかったのに。

せめて幸せそうに振舞うしかないと思う。

「どうぞ、お忘れになってください。彼はわたくしにはとてもやさしいのですもの、きっと大丈夫です。心配なさらないでくださいね」

骨と皮ばかりになった痩せた手を両手で包み、ベアトリーチェがほおずりをすると、意外にも、瀕死《ひんし》の老人とは思えない力強さで彼女の手を握り返してきた。

「お爺様？　何かおっしゃりたいのですか？」

ジャコモの目を覗《のぞ》きこむと、その青緑の瞳はしっかりとした光をたたえてベアトリーチェに語りかけていた。諦めるな、と言っているような気がした。

「声には出さなくていいですから、唇だけでも動かして、お爺様。お願い、このベアトリーチェはどうすればいいのか教えてください」

するとと、彼の口が浅く呼吸をするようにわずかに動いた。ベアトリーチェはそれに目を凝らした。

祖父の視線はまっすぐある一点を指している。

それを追うと、寝室の壁にある箪笥《たんす》に行きあたった。それは、ベアトリーチェが幼い頃からよく知っている鍵付きの引き出しで、その鍵の在り処《あか》は祖父と自分だけが知っていた。

まだ元気な頃、まるでその中に重大な秘密があるかのように、祖父は荘厳な面持ちで鍵を開け、砂糖菓子や人形や首飾りを取り出してはベアトリーチェを喜ばせてくれたものだった。

それを開けろと目で訴えているような気がして、彼女は祖父に言った。

「お爺様、懐かしい砂糖菓子の引き出しですね？　わたくし、何かいただけますの？」

もう子どもではないのに——お爺様は朦朧《もうろう》としていらっしゃるのかしら、と寂しく思いながら、ベアトリーチェは贈り物を期待する子どものように微笑《ほほえ》んだ。

祖父の顔がかすかに上下に動く。

「では……魔法の鍵を取って参りますね」

彼女はベッドを離れて壁に掛けられたタペストリーに近づいた。

祖父が病床から、顔だけをわずかに動かしてこちらを見ている。

壁一面を飾っているのは、赤地に千花模様を施し、両端に果樹が二本ずつ描かれ、中央には緑の草花の絨毯《じゅうたん》が敷かれた上に若い乙女と白鳥が戯れるという図案で、複数の芸術家による共同作業で作られたとても貴重なタペストリーである。

高価なだけに、誰もその裏側と壁の間に入ろうと思う者はいない。

ベアトリーチェはタペストリーの縁を手で探り、裏側の、ちょうど林檎《りんご》の樹の図案の端の辺りから鍵を取り出した。

「ありました、お爺様」

彼女は件の引き出しに鍵を挿しこんだ、

取っ手を掴んで引いてみたが、玩具《おもちゃ》も菓子もなかった。その代わりに、紅《あか》い革表紙の写本が目に留まった。ベアトリーチェの掌《てのひら》にものるほどの小型本だ。

聖なる書は誰しも引き出しに入れてあるものだが、この秘密の場所に入れられているのを見ると、違う類の本かもしれない。

タイトルらしい文字の羅列はあるが、異国の文字だ。

「ヴァラム語……？」

神の国と言われるヴァラムの言語は高位聖職者やよほど学識の高い人でなければ読み解けない。祖父は文芸に造詣が深いので、自由に操ることができるのだろう。

驚くべきは、表紙だけでなく、中の羊皮紙まで赤く染められており、金色のインクで書かれていることである。薄い紫に染めることは聞いたことがあるが、鮮やかな赤だ。

染めるにも手間がかかり、金のインク自体がとても高価なのではないだろうか。

「お爺様、これですか？」

開いた引き出しを元に戻し、彼女はジャコモにそれを見せた。

一瞬、祖父の目がかっと見開かれ、輝いた。瞳に往年の光が戻り、それが祖父にとってどれほど大切なものかが見てとれた。

「ヴァラム語で書かれていますね？　これをどうするのですか」

彼は、やせ細った指で、ベアトリーチェの腰に下げてあったパースを指した。

「ここに？　……わたくしが持ち帰るのですか」

祖父が肯定しているか否定しているかが、目を見るとわかるような気がした。

彼女は小さな写本をパースに押し込むと言った。

「でもお爺様、わたくしには読めません……どうすればいいの？　お父様ならご存知《ぞんじ》かしら？」

そう言うと、老人の顔が険しくなり、ぶるぶると震え始めた。言葉を交わさなくても彼が激しく拒んでいることがわかった。

「お父様には秘密なのですね？　誰にも言ってはいけないのですか？　弁護士にも？」

彼は頷《うなず》いた。力のこもった眼差しがベアトリーチェを捉えて離さない。

「わかりました。自分で何とか学びます」

祖父の顔がわずかに緩み、重大な任務を果たし終えた戦士のような顔つきになった。ベアトリーチェには、本当にそれを成し遂げられるか不安だったが、ヴァラム語の辞書さえあれば、何とかなると思った。

こうして目当てのものを見つけると、ベアトリーチェは引き出しに鍵をかけ、その鍵は元どおりタペストリーの縁裏に収めた。

「お爺様からの贈り物、必ず読むと約束しますわ」

ベッドまで戻ってそう言うと、彼女は祖父の手を握った。

「もうよろしいかな？」

木戸を叩いてから、医師が入ってきた。

まるで、ずっと祖父の手を握ってそうしていたかのように、ベアトリーチェは顔をあげた。

「はい、ありがとうございました」

そして、名残惜しげに立ち上がると、祖父に暇《いとま》を述べた。

ベアトリーチェに謎めいた写本だけを託して、祖父はその後まもなく永眠した。

＊　＊　＊

「これがそのご遺品なのでございますね？」

「ええ、そう。異国の文字で書かれているのよ」

「ヴァラム語というんですね。ヴァラムはとても遠いじゃありませんか」

エルダにはとうとう打ち明けてしまった。ひとりで成し遂げるには障害が多すぎた。

まず、上流階級の子女がひとりで町を歩くことはできないし、ましてや監獄などに行けやしない。せめてエルダが一緒ならば何彼と理由をつけられる。

表紙の革ばかりか、中の羊皮紙までが紅く染められた写本を、ベアトリーチェは『茜色《ロッビア》』と名づけた。

「ヴァラムは救世主の生まれた土地よ。ヴァラム語は神の言葉とも言われるわ」

「それでは祈りの本なのでございますか？」

「どうかしら。結婚の阻止はできなかったけれど、この手書き写本にはお爺様の強い意志が込められていると思うの。遺言書にわたくしの結婚について遺《のこ》してくださったお爺様のために、今度はわたくしがお爺様の気持ちを受け止める番なのです」

「では、ご結婚とその本は関係ないのでございますか？」

「どうでしょう。……でも、アルマンド様との婚約が決まってしまったと言ったら、力強く手を握り返され、この本のある場所をお示しになったの。だから、何らかの答えがここにあるのかもしれない」

あるいは、それは勘違いで、祖父の政治的思想について書かれているにすぎないかもしれない。ロマーニ派を支持し続けたジャコモ・マルファンテの遺志ならば、それも見届けたい。

わかりました、とエルダが言った。

「ヴァラム語を紐解《ひもと》くための指南書は、大旦那様のお邸になかったのでございますか？」

「ええ……お爺様の書棚には見つかりませんでした。ヴァラム語を母国語のように、自由に操っていらっしゃったのです」

「それでは探しましょう。ご婚礼の日まで……！」

エルダは読み書きは得意ではないというが、その行動力と意志の強さは誰にも負けない。力強い味方を得た、とベアトリーチェは嬉しかった。

＊　＊　＊

翌日――。

しかし、ここに来てまだベアトリーチェは躊躇《ちゅうちょ》していた。

元来臆病な気性の自分が、今監獄にいることも信じられない。

目の前には頑丈な格子が立ちはだかり、鉄錆《てつさび》が血のような匂いを放っている。

空気は湿っていて、長く吸っていたら病になりそうな気がした。

「面会できるのはわずかの時間ですぜ、砂が全部落ちるまで……数分ってとこだ」

と、看守が言った。

彼の立っている側の壁には、街灯のようなものがはめ込まれている。

鉄製の円筒形の檻《おり》に中央の細くなったガラス容器が納まっていて、鉄枠から延びているハンドルを回転させることにより、ガラス容器の中の砂が落ちて時を知らせるものだ。

教会の説教壇についているのは見たことがあるが、それより随分と小さい。

年収百デカートにも満たない彼に一デカート握らせても、ものの数分しか話せないというが、その瞬く間すら、ベアトリーチェには長いと思えた。

ジャラジャラと鎖を引きずる音が聞こえる。

鉄格子の前で待つ間、ベアトリーチェは自分が判決を待つ罪人のようだと思った。暗がりから現れた背の高い男が彼女の前で立ち止まった。

彼の罪はなんだろう。

囚人と対峙《たいじ》するのが怖くて、ベアトリーチェはしばらく視線を落としていた。すると、小さく舌打ちする音が聞こえ、彼女はびくりと身を震わせた。

「誰だ？　俺に会いたがっているというのは」

舌打ちの次に聞こえたのは若い声音だ。少々ぶっきらぼうだが、訛《なまり》のない言葉で、凶悪な感じもしない。彼女は勇気を振り絞って顔を上げた。

上背がある、その男は面会者を見るために少し背を屈めていたので、いきなり視線が合った。

囚人と目を合わせるなんて恐ろしいことなのに、思いがけず、輝きに満ちた黒い瞳に射抜かれて、ベアトリーチェは息を呑《の》んだ。山賊のようなむさ苦しい男かと思ったが、二十歳ぐらいの見目のいい青年だ。

粗い麻の囚人服は薄汚れていたが、形よい眉、意志の強そうな眼差《まなざ》しに邪悪さは感じられない。むしろ、カレンツで、少なくともコンスタンティーニ城でこれほど生き生きとした表情をした男は見たことがない。

カレンツの市民は皆、領主の狼藉《ろうぜき》に怯《おび》え、絶望と諦めに淀《よど》んだ目をしている。

囚《とら》われ人《びと》の端正な顔は、もしも身なりを整えたなら宮殿にいても違和感ないように思える。鼻筋も歪《ゆが》みなく、唇に笑みをたたえていれば、大聖堂の壁画にある大天使にも似ている。

背の中程まで伸びた黒髪を背中で束ねており、袖無しの衣からむき出しになった腕にはたくましい筋肉が備わっていた。

これだけの観察をした間に、彼もベアトリーチェを見定めていただろう。

「知らない女だな。人違いだろう」

囚人はそう言って彼女から目を逸《そ》らした。そのまま退室しそうな気配に、ベアトリーチェは慌てて鉄格子にすがった。

「――あなたはヴァラム語がわかるのですか？」

その言葉には深い意味があるかのように、彼は振り返り、こちらを凝視した。敵か味方か、探るような鋭い目つきだ。

「もしそうなら教えていただきたいのです、ヴァラム語を。お願いです」

「はぁ？」

呆《あき》れたような声音で、彼は問い返した。

「何のことかさっぱりわからない。そもそも、なぜ俺に？」

「ウバルドさんから聞いたのです。監獄に新しく入った若い人がヴァラム語でののしったと」

この監獄では比較的軽い罪を犯した囚人が収められており、写本の筆写をすることで保釈金を払えば釈放されるのだと、書房の店主が言っていた。監獄の上層には作業室がある。そこで吹き抜けの天井から明かりをとり、囚人たちが筆写をしているそうだ。

書籍商たちは、そうして少しでも安く写本を作っている。その囚人のひとりが『オッチェデンテ』というヴァラム語を口走ったというのだ。

「ウバルド？　……ああ、あの本屋か――」

思い当たるように彼は一瞬視線を泳がせ、渋面を作ると再びベアトリーチェを見た。

「聞き違いだろう。俺は知らない」

「他言は致しません、どうかお願いします」

彼はヴァラム語を知っている、とベアトリーチェは確信した。

無理矢理な思いこみかもしれないが、もう彼に頼るしか手段はないのだ。

囚人と向き合うよりも切迫した恐怖が迫っている。いつの間にか、ここに来てすぐに彼女を締め付けていた恐怖心はすっかりなくなっていたが、次期総督の妻になるという恐怖だけは消えない。

「たとえ知っていたとしても、愚かな女には無理だ」

見下した物言いに反論できるほど自分が利口だとは思わないが、ここで諦めるわけにはいかない。彼女は背筋を伸ばし、相手の目をしっかりと見据えて言った。

「どんなに愚かな人間でも、喉元に刃《やいば》を突きつけられて覚えろと言われたら必死で覚えるのではないでしょうか」

すると、彼は、好奇の表情を見せて言った。

「どんな刃を突きつけられているって？」

「見えない刃です。それが何なのかは、ヴァラム語をお教えくださったら答えます」

ふうん、とうそぶき、彼は数秒の間、ベアトリーチェを凝視した。こちらに向けられた、罪人とは思えないほどまっすぐな眼差しは監獄にひどく不釣り合いだ。

「ならば、これから俺が描く文字を記憶し、羊皮紙百枚にびっしりと書いて明日持ってくるんだな。そのくらいの頭と根気がなくては不可能だ」

そう言って、彼は右手を挙げると、指で空中に何かの形を描き始めた。

「あっ、お待ちください。今、書き留めますから」

「だから愚かな者には無理と言ったんだ。囚人から不審な書き付けを受け取って監獄を出られると思うのか？」

そうだった。ここに来る前に、看守によって羽ペンとインク壺《つぼ》は没収されていたのだった。

ベアトリーチェは、彼の指の動きを必死に見つめ、なんとかその形を覚えた。監獄を出るとすぐに看守から返された携帯用のインク壺とペンで、ハンカチに書き付けた。

見覚えのある形だ。祖父の形見の写本にあったのと同じ記号だ、間違いない。

一歩近づいた――ベアトリーチェの胸ははずんだ。

＊　＊　＊

妙な女がやってきたものだ。

この地に知り合いなどいないはずなのに。

ヴァレリオは牢獄《ろうごく》の石のベッドに座って、ぼんやりと考え事をしていた。

先日、監獄に入れられたのは無銭飲食というけち臭い罪のためだ。

カレンツ入りした時には、金は十分持っていた。

しかし、裏通りでひどく痩せた子どもを見て、小銭を与えた。

すると他にもぞろぞろと似たような子どもがついてきたので、財布に少しだけ残してあらかた恵んでしまった。

これほど栄養の足りていない子が多いのはおかしい。

カレンツはどうなっているのだろう。

その夜、居酒屋で腹を満たした。

払わないつもりはなかったが、迂闊《うかつ》にも知らないうちに巾着切りに遭ってしまい――巾着切りというのは、腰帯に下げた巾着を狙って紐《ひも》を切って奪うすりのことだ――金を払おうとして、なけなしの金が財布ごとなくなっていることに気づいた。

――ちっ、ピッポにまた笑われる。

こうしてヴァレリオは監獄に投じられた。日に一度、上層階にある作業部屋に連れていかれ、天井が吹き抜けになった部屋で筆写をやらされる。

食い逃げしたつもりはなかったが、そこで働けば釈放されるというから――しかし書籍商もあくどく、筆写の手間賃は腹が立つほど安いから、十日や半月はかかりそうだ――適当に筆写をしていた。

手本になる草稿に文法の間違いを見つけたので、筆写する時に直しておいてやったのに、書籍商のウバルドという男が「見たままを書け、勝手に直してはいけない」と言ったので、思わず彼は罵り言葉を発した。

『オッチエデンテ《クソ食らえ》』

ヴァラム語だからわかりゃしないと高を括《くく》っていたが、あの書籍商は理解したらしい。

そうして三日後の今日。

ヴァラム語を教えてください、と、掃き溜《はだ》めの中に舞い降りた白鳥のように場違いな女がやってきたのだ。

どこかのご令嬢だろう、こっちは足枷《あしかせ》と鎖で繋《つな》がれていたが、あちらは腰に宝石まみれの鎖のベルトを垂らして優雅にご挨拶ときた。

肌の白さは鉛白《えんぱく》かというほどで、金髪などは絹糸より細くて艶《つや》やかだ。

青く大きな瞳はきらきらしていて、視界の邪魔になるんじゃないかというほど睫《まつげ》が長かった。

口は小さい。あんな小さな唇ではろくに物も食べられないのではないかと思うほどだ。それから、匂いは――何かの花みたいな甘い匂いだ。

世間を知らなそうな遅い喋《しゃべ》り方《かた》にはいらいらしたが、退屈な監獄暮らしに花を添える美しい娘を一度で追い返すのも惜しい。

ヴァレリオは今、腹も減っているが目も飢えている。

美しい娘を見るだけで妙に満ち足りた気持ちになるから不思議だ。

つまり、ヴァレリオはあちこち旅をしてきて目が肥えているが、訪ねてきた女は格別に美しかったのだ。

――ま、俺は一生関わることのない身分だろうな。

彼の後見人はオズヴァルド神父という、カッシーニ修道会の司祭で、ヴァレリオは嬰児《えいじ》のうちに巡礼僧から託されたという。水路を流されていたとか、村娘から預かったとかで、当時の事情ははっきりしない。

ヴァレリオの背中には、刻印にも似た火傷《やけど》の痕がある。猛禽類《もうきんるい》の翼を簡略化した線画に異国の文字のような記号が二つあるというが、背中なので自分では見えない。

物知りな司祭が、文字はヴァラム語であると看破したので、出自はヴァラムに関係があるのではないか、とヴァレリオは推測した。

ヴァラムは救世主の生まれた地と言われる。

司祭と一緒に赴任地を転々として十三歳になった時、ヴァレリオは突如、司祭に置手紙を残して、はるか西の国、ヴァラムに向けて旅立った。

そこで何年か過ごし、自分の出生の手掛かりとしてヴァラム語を習得し、焼印の意味を探ろうとした。

結局、ヴァラムでも答えを見つけられず、ミロン、ブニーズ、ディエナ、トリスタ……いろいろな地を巡り巡ってとうとうカレンツにやってきたが、厳しい世間を渡り歩いたわりに、どこか抜けていて、いきなり投獄されてしまうという体たらくである。

――兄貴はどっかお上品だからよ。

とは、相棒のピッポの言葉だ。腹が立つ。このぶざまな有様では、一言も返せないが。

まずは写本の筆写を続けて完済・出所し、ロマーニ派がどうとか言う廃墟《はいきょ》を見に行こうと思っている。

ひとつ気になるのは、この地の総督《ドージェ》――というには若いと思った、ブニーズに寄った時は総督は四十歳以上でなければならないという法があったからだ――をちらりと見たが、あれはヤバいと感じた。

あんな男を敵に回すと厄介だ。

ロマーニを見たらさっさと司祭のところに戻って、もう気がすんだと言おう。鄙《ひな》びた教会で退屈な説教を垂れて信者の居眠りを見るのも悪くない――死ぬほど退屈だろうが。

そういった結論に至ると、ヴァレリオは頭を巡らせて牢獄の壁を見た。灰色の石壁に、たくさんの落書きがある。

大半がカレンツの言葉で、ちらほらと異国の言葉も混じっているが、ヴァレリオに理解できない言語はひとつもなかった。

＊　＊　＊

「お願いです。ヴァラム語を教えてください」

ベアトリーチェは、看守を欺《あざむ》くために、厚い外套《がいとう》に隠して持ち込んだ羊皮紙の束を差し出した。彼女は昨夜一睡もせず、羊皮紙に十三の文字を繰り返し書き連ねた。

囚人は百枚の羊皮紙にびっしりと書けと言ったので、ひたすら文字を綴《つづ》ったのだ。

明け方になってもまだ半分で、ペンを持つ右手は痺《しび》れて強張《こわば》ってしまったが、苦痛をこらえて書き続けた。

羊皮紙は高価だったが、ウバルド書籍商に頼んだところ、その日彼女が身につけていた宝石と金で飾り付けたベルトと交換でなんとか手に入れることができた。

気が遠くなるような作業だったが、もしもそれで祖父の遺した写本が解読でき、ベアトリーチェの現状を打ち破る何かを見つけることができるなら、苦痛ではない。祈りの文言《もんごん》を書き連ねるような気持ちにさえなった。

自分のせいで罪のない従僕が殺されたかのように仄《ほの》めかされ、身の置き所もないが、かといってベアトリーチェにできることなど何も思いつかない。

これはアルマンドとの結婚という恐ろしい刃を突きつけられたベアトリーチェの戦いなのだ。


鉄格子の前に立ち、ベアトリーチェは待った。

やがて『囚人十七番』が歩いてくる。

ジャラジャラと鎖を引きずる音がしたが、今は恐怖はない。

「……驚いた、本当に書いたのか？」

ベアトリーチェが格子の向こうへ差し入れた紙束をパラパラと繰り、最後のほうまで検分すると、彼は言った。

「誰かが手伝ったんだろう」

「違います、ひとりで百枚書きました。本当に書きましたの！」

「なるほど、筆跡は最初から最後まで同じだが、きみがやったという証拠はないな」

「どうしたら信じてくれます？　手が痛くなるほど書き続けましたのに」

「見せろ」

「え？」

「利き手を見せるんだ」

彼に言われて、手袋をしたままの右手を鉄格子の中に差し入れると、手首を捕まれて、乱暴に手袋を引《ひ》き剥《は》がされた。

「何をするんです！」

いきなりの暴挙に声を上げたが、次の瞬間、彼の意図がわかった。

「ペンの跡がついてる。本当に成し遂げたとはな」

鉄格子の向こうでそれを検分した男は、くっくっ、と喉の奥で笑った。

「何がおかしいのですか？」

間違いでもあったのだろうか、文字の形か、順番を。とすれば、昨日ここを出る前に記憶したのが間違っていたのだ。

「バカ正直だな、きみは」

と囚人は言い、蔑《さげす》むように笑った。

「そんなに必死だとは思わなかったんだ。試して悪かった」

「わかっていただけましたか？　それならヴァラム語を教えてくださいますね？」

そう言って、鉄格子の奥から右手を引き戻そうとしたが、ベアトリーチェの手はきつく掴まれて動かせない。その力の強さが恐ろしくなり、看守に助けを求めようと思ったほどだ。

それればかりか、彼はベアトリーチェの手首を掴んで、その手の甲に唇を押し当てた。

柔らかく、少し濡《ぬ》れた感触が当たり、彼女の心臓は跳ね上がるような心地がした。

「何をするのっ、お離しください。まさか、騙《だま》したのですか？」

「だったらどうする？」

からかうような声音に、ベアトリーチェは勢いよく彼の唇から自分の手を引っ込め、鉄格子でしたたかにぶつけて悲鳴を上げた。

右手をさすりながら、痛みに涙を浮かべた青い目で相手を睨《にら》む。

「そそっかしいお嬢様だな。落ち着けよ」

彼は呆れた声音でそう言い、ベアトリーチェの手から脱がせた手袋を差し出した。

「本当はヴァラム語を知らないなんて言わないでしょうね？」

「俺は知らないと言ったんだがな」

確かに初対面の時、彼はそう言ったが、何か事情があって隠しているだけだと思った。素性のわからない相手に対しては特に。

しかし、彼の言葉どおりだったらどうしよう。

でたらめな文字を百枚も書き連ねて無駄な労力を費やしてしまったのかもしれない。

「ひどい――一日だって惜しいのに。もう時間がないのに……」

そして今後は簡単に外出も許されない状況だというのに、一日をつぶしてしまったと思うと、悔しさに涙が差し含む。ベアトリーチェが恨みがましい目で囚人を見返すと、彼は笑顔を見せて言った。

「そこまで本気とは知らなかったんだ。悪く思うな。どうせ紙に書いて教えてやることもできないし。ヴァラム語の基本文字はあと二十五文字だ。何か尖《とが》ったものはあるか？」

「え？」

ペンは昨日と同じで、看守に取り上げられてしまった。紙に書いて持ち出せないというのにどうするのだろう。その前にあと二十五文字というのは本当だろうか。彼は本当に知っているというのか。

憤慨と悲しみの次に、かすかな希望が見えて、泣き笑いのような顔になってしまったベアトリーチェを一瞥《いちべつ》すると、彼はその髪に飾ってあったピンを一本引き抜いた。

結い上げてあった髪が、そのせいで解《ほど》けて垂れ、肩や背中に広がった。

「銀製だな、これでいい。どこに書こうか。人に見られない場所がいい」

「えっ？」

「腕は……よくないな。足を出せよ」

「あっ、足……？」

唐突に言われて、意味がわからずに、ベアトリーチェはおずおずとスカートの裾を少しだけ持ち上げ、金線で飾り付けた革のミュールのつま先を見せた。

「ばかにしてるのか？　こうだ」

と言って、彼はうずくまり、格子越しに腕を伸ばした。そしてベアトリーチェのスカートに手を入れると、ふくらはぎを掴んで引いた。

「きゃあっ」

「ばか、でかい声を出すな」

片方の足とはいえ、格子の際まで引き寄せられてバランスを失い、後ろに転びそうになり、彼女は慌てて鉄格子を掴んだ。

もう看守が呼びにくる頃合いだが、まだ足音は聞こえない。二ダカート握らせた分、今日は面会時間も二倍とってくれているのかもしれない。

「足に跡が残るように書いてやろう、傷はつけないから安心しろ。ここなら看守も気づかないだろう」

青年の手が、ベアトリーチェのスカートをたくし上げていく。驚きのあまり、脈が激しく打って、息苦しささえ覚える。軸足ひとつで体を支えなくてはならないのに、気が遠くなってしまう。

「しっかり立ってろ。いちゃついているふりをして、昨日の続きを上から順に書くから」

「えっ」

足をスカートから出し、肌も露《あらわ》な、ひどくはしたないこの状態を続けろというのだろうか。

「こ、こんな格好は変です」

「恋人に会いに来たってふりをすればあやしまれないさ。それが嫌なら明日はスカートの下に石灰を塗った紙をたくし込んでこい」

自分で教えを乞いながら、いざ彼が教示を始める段になって、何の備えもしてこなかった愚かしさを呪い、うろたえる。かといって、ほかに方法も思いつかなかったので、ベアトリーチェは身を固くして、彼のなすがままにしていた。

鉄格子に体をぴたりとくっつけて待っていると、ひやりとした細いものが膝の上の、内側の肌に触れ、彼女はびくりと身じろいだ。彼が手探りで、ペン先をするすると動かしていく感触がくすぐったく、背筋がぞくぞくした。

「感じやすいのか」

と言って、彼はくすりと笑った。

「ちっ、違います」

「動くなって。まだ半分もいってない。今日はいくら握らせた?」

看守にということかとすぐに察して、ベアトリーチェは二ダカートと答えた。

「十も握らせりゃ、最後までやらせてくれそうだな」

と、いくぶん下卑た声音で彼が言う意味は理解できなかった。ヴァラム語を全て教える時間、ということだろうか。

「よし、終わった。まだ呼びにこないな——これは授業料としてもらっておく」

彼はそう言うと、ピンを自分の上衣の裾の裏側に刺して隠した。そしてベアトリーチェのスカートを元に戻して立ち上がり、今度は上の方の格子の隙間から腕を出して彼女の背に回した。

「あっ、お礼のお金を——」

「いらない。それより恋人のふりだろ。キスを」

驚きの声を上げる間もなく後頭部を手で包み込まれ、頬《ほお》に冷たい鉄柵が触れ、次に唇が塞がれた。

「……んっ」

許婚《いいなずけ》ともしたことがないのに——アルマンドなどとそんなことをするなんて想像するのも恐ろしいが——初めての口づけの相手が囚われ人だなんて。

衝撃に胸を打たれた。足に文字を書かれた時と同じように、ひどく背徳的でいながら心惹《ひ》かれてしまうのはなぜだろう。

檻の中と外で唇だけを触れ合わせる、不思議な行為に胸が騒ぐ。

本当の恋人はこうして、囚《とら》われた人と口づけをするのだろうかと思った。

「お楽しみのところ悪いが、時間だぜ」

看守の声に現実に戻された。

ベアトリーチェは慌てて鉄格子から体を引き剥がし、ドレスの乱れを直した。

乱れた髪の原因は——謝礼にピンを渡したからだと、エルダには説明した。

演技とはいえ、抱擁しているところを看守に見られたのは恥ずかしいというより、恐ろしいことだと思った。

馬番の息子が処刑された理由は、旧ロマーニのブロンズ像を崇《あが》めたからだというが、本当はベアトリーチェと親しげに口を利いたことが原因だったと、父がほのめかしたことを思い出す。

彼女は偽名を使い、その素性は看守には隠していたが、どこで漏れ伝わらないともわからないのに軽率だった。

もしかしたら、自分はヴァラム語の教師を大変な危険に曝《さら》しているのかもしれない。

＊　＊　＊

絹のような肌に、赤い筋が残っている。

色白のベアトリーチェの皮膚は柔らかく薄くて、ちょっとした刺激で赤くなってしまう。四人がインクは要らないと言った意味がわかった。ピンを軽く当てただけでくっきりと痕がついてしまうからだ。

「まあ、こんなところまで――！」

部屋着のガウンドレスに着替えながらこっそり見ただけで、ベアトリーチェは羞恥心に顔から火を噴きそうになった。許婚にすら見せたことも触れさせたこともないのに。

ドロワーズを穿《は》いていたものの、内腿《うちもも》にまで触れられてしまったと思うと頭からベッドに潜り込みたいほど恥ずかしい。その上、別れ際には口づけまで――。

冷たい鉄柵に比べて、彼の唇は温かい、というより熱かった。

獄舎で受けた生まれて初めての口づけを思い出すと、ベアトリーチェの胸が軽く締め付けられるような気がした。

どこかうしろめたく、だが心惹かれる。

『いちゃついているふりをして……』と彼は言ったが、恋人というものは、ああいうことを平気でするものなのだろうか？

隠して文字を教える以外に、あんなふうにスカートをまくり上げて男は女に何をするというのだろう？

彼はベアトリーチェの肌に、何を思いながら文字を書いたのだろう。

あの長い指を内腿に這《は》わせていた時も、羊皮紙となんら変わらないつもりで黙々と綴《つづ》っていたのだろうか。もしかしたら、彼には本当に恋人がいて、口づけをしたり肩を掴んで引き寄せたりするのだろうか。

彼は囚人とは思えないほど、どこか余裕のある態度だった。

そういえば、彼はどんな罪を犯したのかしら？

カレンツの人々が失ってしまったヴァラム語を知っているという彼は、どういう身の上なのだろうか？

そんなことに思いを馳《は》せていると、頭がぼんやりとして体が熱っぽくなる。連日動き回ったのと昨夜眠れなかったのとで、疲れているのだろう。

なんとか彼に信じてもらった綴り字の、百枚の羊皮紙をドレッサーの上に積んで、ベアトリーチェはペンとインクを取った。余白に残りの文字を書き留《とど》めておこうと思った。

――いずれ消えてしまうから。

恥ずかしさはどうしたって消えないが、ぐずぐずしていたら、肌に綴られたヴァラム文字は薄れてしまうのだ。急がなくては、と彼女は疲弊した身と心に鞭《むち》打った。

こうして内省する心と対峙しながら、内腿からふくらはぎへと書かれた文字を、ベアトリーチェは密《ひそ》かに羊皮紙に写し取り、沐浴《もくよく》の時には召使いに見られないように気をつけた。祖父の遺品の秘密は打ち明けたものの、そのエルダにもこのことだけは隠した。

名も知らぬ人――監獄で、彼は十七番、と呼ばれていた――に足を触らせ、抱き合って口づけるなどというはしたない行いを彼女が知ったら怒るか嘆くか……何より、ベアトリーチェ自身が秘めておきたいのだ。

「……様、ベアトリーチェお嬢様？」

何度か呼ばれてはっとした。無意識のうちに、書き綴《かつづ》ったヴァラム文字を隠すように手で覆って振り返ると、エルダが立っていた。

「どうなさったのですか？　お顔が少し赤いようですね。お疲れですか？」

「いえ、……文字を一生懸命に覚えていたの。ヴァラム語のアルファベットは三十八文字もあるのよ」

「まあ、そんなにたくさん！　それで、あの本は読めるのですか？」

「いいえ、まだそれだけじゃだめよ、この文字を全て明日までに覚えておくの。いい加減な気持ちでは教えていただけないもの」

そう言うと、読み書きはまるで苦手なエルダはうんざりした顔で首を振った。

「それにしても、そんな難しいものを教えられるなんて、その囚人さんはどういう身上なのでしょうね」

「エルダは一度も見ていなかったわね。でも、そう……物言いはすごく上品というわけではないけれど、どこか超然としていて、それに頭のいい方には違いないわ。たくさんの異国の言葉をそらで覚えているんだから」

「おや……でも、お嬢様のような気の優しい方でも恐ろしくないんですか？　相手は囚人なんですよ。外でお嬢様をお待ちしている時に守衛さんに聞いた話では、あの監獄にいるのは借金を返せないとか、破産したような類の人ばかりだっておっしゃっていたけれど、罪人には違いないんですから、いつまでも関わっているわけにもいきません」

「そう——なの」

それなら、貧しい芸術家ということもあるのだ、とふとベアトリーチェは想像した。学芸を厭《いと》う総督の下で生きづらくなった芸術家や作家たちの多くはカレンツを去ってブニーズあたりで活躍しているらしいが、カレンツに残って貧困に喘いでいる人もいるかもしれない。

もし彼が知識人なら——彼ともっと話をしてみたい。

——お爺様がお元気だったらきっと気が合うのではないかしら。

「いいですか、お嬢様？　もう何度も監獄なんぞに通い詰めることは無理なのですから、早く伝授してもらわないとなりません」

エルダの言うとおりだ。

すぐにでも写本を読み解きたい。しかし、それができるようになったら彼とはもう会う理由がなくなる。その時がくるのを、心の底で恐れている自分がいることに気づいて、ベアトリーチェはひそかに驚いた。

＊　＊　＊

「俺たちがこうして顔を合わせるのも三度目。そろそろ名前を訊いてもいいんじゃないか」

囚人十七番のほうから、そんな提案をしてきた。

彼は、そう言いながら、昨日と同じ格好で鉄格子の前にうずくまり、ベアトリーチェのスカートの下に手を入れた。

「はい。わたくしの名は、ベアトリーチェ……です」

家名は言わなかった。

ベアトリーチェ・マルファンテという名をカレンツの人に問えば、誰の口からも次期総督の妻になる人、ぐらいの答えは返ってくるだろう。

「俺はヴァレリオだ。よし……っと、羊皮紙か」

「はい。おっしゃるとおりに石灰を塗ってあります」

「これなら銀のピンで文字が書ける。確かに預かった」

ベアトリーチェは羞恥心に頬を染めながら、彼の手が自分の足に触れ、太腿《ふともも》にリボンで縛りつけておいた羊皮紙を外す間、気を紛らわすために『彼の名はヴァレリオ』と口の中でひそかに復唱した。

彼は、ベアトリーチェがスカートの下に隠して持ち込んだ四つ折りの紙を難なく回収し、すばやく上衣の内側、腰のあたりに突っ込んだ。

「明日また来るがいい。この紙にヴァラム語の文法を記しておく」

「ありがとうございます！　……あなたはどこでヴァラム語を身につけられたのですか？　もしや、文士さんでいらっしゃいますか？」

「ああ？　いや、全然違う。俺はさすらっているだけだ。今日は足に文字を書くこともないから、俺の話をしてやろうか」

「はい」

ベアトリーチェは、さきほど三デカートを看守に握らせた。

それでも短い間ではあるが、出身地や身上くらいは聞かせてもらえるだろう。

「ヴァレリオという名をつけたのは、俺を育てた司祭だ。その司祭も、別の誰かから俺を託されたらしいのだが、伝え聞いた話では、谷間に流れ着いたとか」

なるほど、谷はヴァッレというから、そこから名をとったというのは頷ける。名もなかった、あるいは名乗れなかったからには赤ん坊か幼子だろう。

「まあ……よく助かりましたね」

とすると、昨夜エルダと推測したような、芸術家や知識人ではなかったようだと少し落胆し、しかしその運命は、まるで聖なる書に出てくる古の王のようにも思えて微《かす》かに胸がときめいた。

いったいどうしてそんな、と続きを待っていると、鉄格子の向こうで彼が笑った。

「たいそうな事情はないさ。口減らしのために捨てられたんだろう。旅をして回っても自分が何者かということはわからなかったから、ここを出たら、育て親の司祭の跡を継ごうと思う。司祭なんて俺らしくないけどな」

「その司祭様のお名前をお教えくださったら、迎えに来てくださるようにわたくしから手紙を書きましょうか。それとも、授業のお礼に保釈金をわたくしが——」

ベアトリーチェがそう言うと、ヴァレリオはやめろ、と言って顔を横に振った。

「これぐらいのことで、そんな無様なこと。礼としては銀のピンで十分だし、きみにヴァラム語を教えるのは、単に面白いからだ。金のためじゃない。そのうちに、ウバルドから支払われる筆写料で出所できるさ」

「司祭様は心配していらっしゃらないのですか？」

「俺は十三の時から一人旅をしているんだ——いや、この頃はもうひとり、ピッポっていう変なやつがついてくるが——心配などしない」

「ピッポ……さん？」

「ブニーズで軽業師をやっていたんだが、客と喧嘩《けんか》になって袋叩《ふくろだた》きに遭っていたんだ。ナイフを投げるのが得意なんだが、イカサマ扱いをされて暴れたらしい」

「軽業師……ですか。ブニーズはにぎやかな所なんですね」

「ああ、楽師が音楽を奏でたり、歌を歌ったり、芝居もよくやってた。いちばんの見物は広場で仮面をつけて仮装した連中が行列行進をするんだ。市民の誰でもが参加できる。なかなか圧巻だ」

仮装の行列とは華々しいこと――ベアトリーチェはその様子を想像した。

カレンツでは兵士の行進は頻繁に行われるが、市民が集まることは禁止されている。

それに、見世物といえば、拳闘や、獣をどちらかが死ぬまで闘わせるような野蛮なものばかりだ。アルマンドに誘われて何も知らずに同行したが、一度見ただけで卒倒してしまい、夢にうなされるほどだった。

「すばらしいでしょうね――」

カレンツから離れたことのないベアトリーチェには、夢の話だ。

このままアルマンドと結婚するようなことになれば――その可能性が限りなく高いのだが――、観劇は血生臭い格闘技ばかりになり、書物を開くことも疎ましがられるだろう。

彼の父親は、文学や芸術を嫌って焚書《ふんしょ》させたほどなのだ。

「仮装行列を見たことないのか?」

「ええ――ここではそういうものはあまり……。わたくしはカレンツを出たこともほとんどありませんし」

出かけたとしても、祖父の住んでいたビチェリーノまでが限度だ。

「ふうん、狭い世界に住んでいるのだな、気の毒に――、この状況の俺が言うのも変だが」

と言って笑う彼につられて、ベアトリーチェも微笑《ほほえ》んだ。

鉄格子の向こうにいる囚人の方がこちらにいる自分よりはるかに自由な世界に生きているのが皮肉でもあり、おかしかった。

それから、彼の旅の話になり、それがとても面白く、あっという間に時間が過ぎていく。異国の祭りの様子や不思議な習慣を話し聞かせる彼の語彙は豊富で、口調は説教師のように淀みない。ついつい引き込まれてしまう話術の上手《うま》さは、司祭の元で育ったからなのかもしれない。

時折、文学者のセリフ回しを引用して皮肉を言ってみたり、そういう時の彼は少し意地悪い目をしているが、それがまた魅力的だと思うのだ。

こんなに楽しい時を監獄で過ごすことになろうとは、誰が予測しただろうか。

「カレンツはどうなるのでしょうか……心配です」

ベアトリーチェがふと行く先を憂えて嘆きごとを漏らすと、ヴァレリオはしばらく口を閉ざして、哀れむようにこちらを見た。

「今よりもっと悪くなるだろうな――まず、支配者が権力を濫用できない制度を作らなくてはならない。そのためには民心を捉える人物を担ぎ上げて臨時独裁執政官を担わせ、今の独裁政治を瓦解するというのが近道だろう。ま、言うのは簡単だが」

そう説明する彼の双眸《そうぼう》は凛《りん》として美しく、ベアトリーチェは目を逸らすことができない。

「民心を捉える人物、ですか。そんな人がどこにいるのでしょう?」

「さあ……保身に専心している貴族ばかりでは難しいだろうな」

父のことを言われたようで、ドキリとした。

「そろそろあいつが来るんじゃないか？　お別れのキスだ」

二人の間では、恋人が面会に来ていることにしてあるので、それらしく振る舞えと言われ、ベアトリーチェは従順に目を閉じて、鉄格子に顔を近づけた。

ふわりと唇を重ねる。

雰囲気だけでいいのだから、もう離れてもいいのに、彼の手がベアトリーチェの髪をまさぐり、頭を引き寄せるようにしているので離れられない。

不思議なことに、出自もわからない男性と口づけているというのに、ベアトリーチェの心は甘く疼《うず》いているのだ。

ちゅ、ちゅ、と可愛《かわい》らしいキスを繰り返し、暇乞《いとまご》いをしようとしたが、ヴァレリオの手は彼女を離さず、さらに強く唇を重ね、舌で彼女の唇をこじあけてきた。

「……ん」

驚いて一瞬身を強張らせたが、ベアトリーチェは親に言いつけられたかのように従順にそれを受け止めていた。ほかにどうしていいかわからなかったのだ。

ヴァレリオの舌を受け入れると、それは彼女の舌に触れた。

唇は塞がったまま、口内で男の舌がうごめく。

エルダが知ったらきっと怒る。でも、拒めない。

舌を擦り合わせているうちに、ベアトリーチェの体まで熱くなってきたが、その理由も、どういう変化なのかもわからない。

ただ、腰から下が頼りなく、足から崩れそうになるのをこらえて鉄格子にしがみついていたが、自分でも知らないうちにその手を離し、格子の奥へと伸ばしていた。

たくましい背中にそっと手を添えた。自ら彼を抱きしめにいくみたいに。

ヴァレリオが微かに呻《うめ》き、彼の手にも力が込められた。

看守がわざとらしく咳払《せきばら》いをして入ってくるまで、二人はまるで本物の恋人同士のように、固く抱き合っていた。

第三章

四日目。道中、人に見られているような気がした。監獄の近くで、小柄な男性が軽い足取りでベアトリーチェたちを追い抜いていったが、ただの通行人だったようだ。

「そら、看守に見つかるなよ」

ヴァレリオが格子から差し出した羊皮紙は、ベアトリーチェにとって期待以上のものだった。石灰を塗った面に銀のピンで引《ひ》っ掻《か》くと、化学反応を起こして跡が黒くなる。それを利用して、彼は細々としたヴァラム語の決まりを紙一面に書いてくれていたのだ。彼の文字は美しく、文法の説明は整理されていてわかりやすい。

ベアトリーチェは感激のあまり、それを見て涙ぐんでしまったほどだ。

「こんな暗い場所で、どんなに大変だったでしょう……」

ベアトリーチェが声を詰まらせると、ヴァレリオは照れくさそうに目を逸らした。

「大袈裟《おおげさ》だな。辞書ではないから、これで全て解けるとは限らないぞ」

「監獄の暮らしはお辛いことはありませんか？　夜は冷えるのではないですか？」

「きみが来ると思うと楽しみだが待つのは長く、こうして過ごす時間はあっという間だ。――さあ、没収されないように、足につけてやる」

はい、と素直に答えて、ベアトリーチェは彼に身を任せる。

ヴァレリオの指が彼女の太腿を這い、折りたたんだ羊皮紙をリボンで縛り付けるのを、彼女は神聖な儀式のように受け止めている。

その後、どちらからともなく口づけをし、名残惜しげに抱きしめ合った。

「高貴なお嬢様がこんな場所に入り浸って大丈夫なのか？」

触れるか触れないかの極みに唇を離して、彼は声を落として問う。

その声が艶《なまめ》かしく耳朶《じだ》を打ち、ベアトリーチェの胸がきゅっと絞られるような心地がした。

「ここにいることは知られていませんけれど……外出をあまりするなと父に叱られました」

「じゃあ、もうそろそろ潮時だな」

それはなんという寂しい言葉だろう。

ヴァレリオが同意したことに、ひどく胸が痛んだ。

ベアトリーチェが真意を読み取ろうと、彼の黒い瞳を見つめた。そこには突き放したような冷たさはなく、むしろ熱がこもった眼差しが返されて、切なく心が震えた。もしかしたら、彼も自分と同じ思いでいるのではないかしら。今、この一瞬がずっと続けばいいのに――。

しかし監獄を一歩出て、アーチ型の門の下のベンチに座って待つエルダを見ると、とたんに現実に戻り、罪悪感に見舞われる。

晩餐《ばんさん》の後、そんな思い出に浸りながら、彼の書いてくれた文法の決まりを丁寧に羊皮紙に書き写した。原本はハンカチに包んで、祖父の写本と一緒にパースに入れておこうと思う。

文法表も写本も、とても大切な宝物だ。

「どうでしたか、今日は収穫はございましたか？」

エルダに問われて、ベアトリーチェはつい誇らしげに、仕舞《しま》いかけた文法表を広げた。

「なんでございますか」

「囚人さんが、ヴァラム語の決まりを書いてくださったの」

「まあまあ細かいことでございますね。私には何が何やらさっぱりですが」

「でも御覧なさい、カレンツ標準語ならある程度はわかるでしょう？　この美しい文字……！」

「私にはどれも同じようにわからないことばかりでございますよ」

エルダに、彼の高邁《こうまい》さを理解してもらえないことがもどかしい。公式文書に使っても遜色のない整った書体で、叡智《えいち》に満ちた簡潔な文体は、公証人の娘として数多《あまた》の文書を見慣れている自分でも、卓越していると思う。

ヴァレリオは司祭に育てられたというから、教育を受ける環境は整っていたらしい。

彼は今どうしているだろう。連日会っているのに、もう恋しい。

牢獄にいるのに、まるで玉座にあるかのように泰然とした物腰を見ると、心がふと救われるのはなぜだろう。

次はどんな話をしてくれるのだろうか。

明日も明後日も、その次も毎日、旅の話をせがみたい。

「でも、明日は参れませんよ、お嬢様。旦那様から、あまり外出するなときつく言われてしまいました」

近頃は、父の監視の目が厳しくなってきているから、外出するのもひと苦労だ。

毎日、ドレスを見立てるとか、帽子を誂《あつら》えるといった理由をつけて出かけているのだが、父が馭者《ぎょしゃ》に問いただしているようなので、口止めしていても、もう時間の問題だ。

そんなことを気にし過ぎたからだろう、ベアトリーチェは昨日の帰り道に、また、誰かに見られているような気がした。

さらに止めを刺すように、父が言った。

「明日はアルマンド殿がおまえを観劇にと誘っておられる。必ず行くように」

アルマンドの女官がそれを伝えてきた。彼女はエルダと同じくらいの体格をしているが、目が細くて表情が乏しく、必要なこと以外はほとんど喋《しゃべ》らない。

以前のベアトリーチェなら断る勇気もなく、心で泣きながら野蛮な見物に連れて行かれただろうが、ヴァレリオのことを思うと、アルマンドに迎合する自分がどうしても許せなくなっていた。彼がどう思っているか知らないが、ベアトリーチェはヴァレリオ以外の男性と一緒に過ごすことは耐えられなくなっていたのだ。

思い悩んだ末、彼女は体調が悪いと言ってベッドに伏せた。

「這ってでも行かぬか！」

父ピエトロは額に青筋を立てて怒ったが、アルマンドの女官は、ご病気であるとお伝えしておきます、と言って引き下がった。

翌日、テラスからアルマンドの馬車が城門を出たのを見届けると、ベアトリーチェはエルダを監獄に遣いに出した。

彼女ひとりが歩いて行くのなら目立たないし、誰も疑わないだろう。

自分は部屋に籠って、ヴァラム語の文法を覚え、写本を読み解かなくてはいけない。

ヴァレリオはアルファベットの対照表も作ってくれていたので、まず写本の文字をカレンツで使っている標準語に置き換えてみた。

すると、表紙のタイトルは『プレカリア』と変換できるが意味はわからない。それから、一ページ目に書かれている単語のひとつが、ロマニに変換された。

「あ……、違うわ。四文字目の母音に二つの小さな角がついているから、ここは音を伸ばすのだった」

ヴァラム語の母音は単純な母音と、それに二つの突起を上に添えて長音にしたものとがあるため、カレンツ標準語よりアルファベットの数が多いのはそういうわけだ。

時々長音にするのを忘れそうになり、ベアトリーチェは慌てて書き直した。

「『ロマニ』の『マ』が長音になるから、『ロマーニ』……!」

つまりロマーニに関係ある書物ということだろうか。

これに勇気を得て、本文も置き換えてみたが、暗号のように文字だけが置き換えられているというわけではなかった。アルファベットを覚えただけのベアトリーチェには、まだ文章の意味は全くわからないが、ところどころ、地名か人名のような言葉が判別できた。

これは大きな発見だ。ヴァラム語とカレンツ標準語の構造は全く違うが、固有名詞だけは変換すると浮き出てくるのだ。

冒頭の文を変換していくと、ジャコモ・マルファンテの名が現れた。

――お爺様《じいさま》の名!

他に、カッシーニ、オズヴァルド、ペルペトゥスの名もある。

カッシーニはおそらく修道会の一派、オズヴァルドは人名だろうか。そういえば、祖父の遺言書の冒頭にも、この聖者ペルペトゥスの名前は宣誓に使われていた。

聖ペルペトゥスの名において、かくあらしめたまえ――祖父が公式な文書を書くときの決まり文句だ。

ヴァレリオからもらった文法表を見ると、動作を表す言葉の語尾の原形は、動作を行う人によって変化する、と書いてある。

自分が何かをする場合と、目の前にいる相手がする場合、そしてそのどちらでもない第三者が行う動作、さらにそれぞれがひとりか、複数かでまた変化する。

序言らしいページをじっと見つめていると、それは『自分』が単独でする動作の語尾が繰り返されているような気がした。

つまり、著者は祖父のジャコモで、語り手は『私は……』という主観的な語り口で書いているのではないだろうか。

これは写本というより、祖父が自らの手で書いた第二の遺言書かもしれない。

――本当に、辞書があったらいいのに……！

ベアトリーチェはすぐにでも監獄に飛んでいきたかったが、いったん興奮を抑えようと立ち上がった。

テラスに出て外の空気を吸い、心を落ち着かせよう――。

祖父の文章だとしたら、暗号のような文字を使ったのはわからないでもない。ロマーニ派擁護や、コンスタンティーニ批判が露呈すれば即処刑だからだ。

異国の文字に隠して地名や人名が隠されているとすれば、政治的な機密事項であろうと予測され、この先何が待っているのだろうと思うと怖い気持ちもある。

皮肉なことに、テラスに出たベアトリーチェの瞳に映ったのは、馬番のジョバンニが処刑された行政長官邸の柱廊だ。

昔、ロマーニ邸があったその場所にコンスタンティーニ家は城を建てた。

行政長官邸の飴色《あめいろ》の石造りの建物は、広場に面してアーケード状の美しい柱廊を持っていたが、ロマーニの布《し》いていた共和制を踏みにじるように、アルマンドはその時の気分で、忠臣でさえも気に入らないことがあるとその場から吊るして絞首刑にする。

カルロ総督は、夫人とともに離宮で養生しているが、容態はかなり重篤だという。息子のアルマンドが実権を握ってからは、特に理不尽な処刑が横行するようになった。

――もし、わたくしのせいだったら……。

ジョバンニ自身も、その父のヤコポも知らないだろう。罪状はロマーニのブロンズ像を崇めたことだと公言されていたのだから。だが、もしそうなら――本当にそうだったら。

アルマンドは、自分の家臣にしか手を下さないだろうが、いずれはマルファンテ家の馭者にも――と思うと、今後は無闇に外出もできない。

ふと、廊下で話し声が聞こえたので、ベアトリーチェは慌てて写本と文法書をベッドに隠し、眠っているふりをした。

「入るわよ。嘘《うそ》つき娘さん」

ダニエラが皮肉たっぷりな言葉とともに入ってきた。

「あら、エルダは？　母親気取りの召使いは今日はいないの？」

エルダは薬を買いにいっているとか、医者に相談にいっているとか——そんな言い訳をベアトリーチェは必死で頭の中で考えたものの、嘘が下手なのは自覚している。

いつ、どのタイミングで目覚めようと気を揉《も》んでいると、ダニエラが言った。

「なんだ、……眠っているの」

それで出ていってくれるかと思ったが、ダニエラはまだベッドの際に立ったままだ。

眠っているふりをしているので、彼女が何をしているかはわからない。

ダニエラの気配が動いた。室内を歩き始めたようだ。

マホガニーの箪笥《たんす》のあるあたりで物音がした。

——引き出しを開けた……？

何をしているのだろう。彼女は引き出しを開け、クローゼットも開いて何かを物色しているようだ。彼女自身、鮮やかな布を探して染物屋を巡り歩くほどの着道楽なので、継子のドレスに関心があるのだろう。

ベアトリーチェは完全に起きるタイミングを失い、途方に暮れながら耳だけを傾ける。

ダニエラの関心は別のところに移り、書き物机を探り出したようだ。

「全く小賢《こざか》しいったらありゃしない」

ベアトリーチェの机にある羊皮紙や、インク壺《つぼ》やペンをカサカサと鳴らしながら、ダニエラは忌々しげに吐き捨てた。総督の遠縁というだけあって、彼女も書物嫌いなのだろう。

写本も文法表もベッドに隠しておいてよかった。

「アルマンド様の誘いを断っておきながら、外をウロウロされては困るから、ちゃんと寝てるかどうか確かめにきたけど、本当に病気のようね。いっそ、もう起き上がれなくてもいいのに」

あまりの惨《むご》い言葉に、涙が滲《にじ》んでくる。唯一の救いは、彼女が父の前でも善人面をせず、堂々と悪態をつくことだろう。ここまでひどいのは初めてだが。

総督の遠縁のダニエラは、ロマーニ派寄りの祖父の影響を強く受けたベアトリーチェを危険と見なしているのだ。

こんなに無力なのに。

――わたくしのことなど放っておいてくれればいいのに。

これだけ悪態を吐《つ》いて気がすんだら出ていくだろうと思い、ベアトリーチェがそっと目を開けると、油断したのか、ダニエラはとうとう宝石箱に手を伸ばした。

「ふうん、いいものを持っているわね。贅沢《ぜいたく》なのよ」

あの中には、生母の形見も入っている。

まさかとは思うが、奪われたら二度とは取り戻せない気がする。

もしそうなっても、黙って泣き寝入りをしなくてはならないの？

お継母様《かあ》が恐ろしいから、見て見ぬふりをするの？

それでは今までの、何もしなかった臆病な自分と変わらない。

今は違う。

悪あがきのようだが、祖父の写本を解読することで、運命を変えようとしている。

監獄へ行き、囚人に教示を希《こいねが》う勇気を持っていた。

わずかだが、新しい言葉も学んだ。

ベアトリーチェは一度目をきつく閉じ、神に祈るような気持ちで再び目を開けた。

「……お継母様」

「ひっ」

さすがにやましいと思っていたのか、こちらも驚くほどダニエラが動転した。

「な、な、何よ。起きていたの？　なんて人の悪い！　性悪な女ね」

「いいえ……たった今、目覚めたのです。お見舞いに来てくださったのですか？」

ベアトリーチェはゆっくりと体を起こした。われながらしらじらしいが、ダニエラが滑稽なまでに狼狽《ろうばい》してるのを見ると、いつもと逆にこちらのほうが落ち着いてきた。

「ええ、アルマンド様と出かけられないほどの病気なら心配するわよ」

「お継母様、ご親切に、ありがとうございます」

「私はあなたたち親子のためを思っているのよ。私は総督と遠い親戚だし、ピエトロは分別のある人。でもあなたは、あのロマーニ派と公言する変人の孫ですからね」

父もそのために、アルマンドとベアトリーチェの婚約を急いだのだろう。

「お見舞いはこれくらいにして……あら、テラスから『処刑台』が見えるのね。いい眺めじゃない？　そういえば――、ジョバンニの死体を埋葬しようとした父親がアルマンド様の怒りを買った話は知ってる？」

「え……？　いいえ、知りません。お継母様」

アルマンドは処刑した罪人の遺体を墓地に埋葬することを許さず、野ざらしにして辱めるという、二重の罰を与えるが、このことがより彼の評判を悪くしている。

「ヤコポの行状に腹を立てたアルマンド様が、彼を殴ったり蹴ったりしたそうよ。そりゃあそうでしょう、反逆罪のジョバンニの親にもかかわらずアルマンド様のお慈悲で追い出さずにいてくださるのに、たてつくような真似《まね》をして――あなたに色目を使うようなことをするからアルマンド様の癇《かん》に障ったなんて、ヤコポは知らないでしょうけどね」

ベアトリーチェが落ち着いていられると思ったのも束《つか》の間《ま》だった。

恐れていたことは、思い過ごしではなかった。

「自分の立場をよくわきまえることね」

ベアトリーチェは継母《ままはは》が出ていくと、ある決意をして起き上がった。

写本とヴァレリオの書いた文法表をパースに収めてベルトにしっかりと結わえた。

さっきダニエラは、ベアトリーチェが眠っていると知ると、引き出しを開けていた。留守中に入ることもありそうだから、油断ならない。

この二つの宝物は、肌身離さず持っていようと決めた。

ベアトリーチェはベッドから降りた。

思うだけでなく、行動しようと決めたことがあった。

ヤコポが気の毒でならない。子を殺された父の嘆きを思うと胸が張り裂けそうだ。

そして、アルマンドには嫌悪感しか持ち得ない。

なぜ、罪のない若い従者をあんなふうに――!

そして、何もできない自分はそれでいいのだろうか。

ベアトリーチェ自身、ジョバンニに何の危害も加えていないとはいえ、素知らぬ顔をしていていいはずがない。

ドレッサーに置かれていた宝石箱の蓋が開いたままだった。

母の形見のルビーのブローチは無事でよかった。奪われないように部屋着のボディスに留めて飾った。

他に、大粒のアメジストとエメラルドのブローチ、金のネックレス、ダイヤモンドの指輪――宝石箱から掴めるだけ掴んで取り出し、それをリネンの巾着に収めた。

人目を盗んで厩《うまや》まで行くつもりだ。V字形に刳《く》られたチュニックの下に白いアンダーガウンという質素なドレス姿だがそれでいい。日常着の上から外套《がいとう》を羽織り、ベアトリーチェは階段を下りた。

継母が止めようともう何も答えない、言い訳もしないつもりだったが、幸い、ダニエラの姿はなかった。召使いに尋ねると、『奥様はお芝居をご覧になりにお出かけになりました』と答えた。

身を隠すようにして厩へと近づくと、通路を塞ぐようにして、破壊されたブロンズ像が捨ておかれていた。馬の世話をするにはどうしてもその周辺を何度か通ることになる。

たとえ拝んだり祈ったりなどしていなくても、傍にいたというだけで旧ロマーニのブロンズ像を崇めたという言いがかりはつけられるだろう。

その像を横目に厩に入ると、人影があった。毛織のベストに生成りのホーズの背中はたくましいが、両肩はがくりと下がり、背は丸まってひどく憔悴《しょうすい》した後ろ姿だ。

「ヤコポさん……」

ジョバンニの父であり、馬の世話を生業としている働き者だが、今は飼い葉桶《おけ》を持ったまま何をすることもなく立ち尽くしており、腹を空《す》かせた馬がいないて催促しても、ぼんやりしたままだ。

ベアトリーチェが三度呼びかけて、ようやく彼はげっそりとやつれた顔をこちらに向けた。

「……ああ……ベアトリーチェお嬢さん……」

アルマンドに暴行を加えられたと聞いたとおり、彼の顔は青あざができて、服も破れていた。それ以外の傷はなくとも見た目以上に痛めつけられたのだろうと思う。

「どうなさったの？　怪我《けが》の手当てはしました？　なぜそれなのに馬の世話を？」

「へえ、馬は生き物ですから、息子が死んだといって怠けるわけにはいきません」

とはいえ、いつものてきぱきとした働きもできず、何をどうしていいかわからないというように、飼い葉桶を両手に抱えて茫然自失《ぼうぜんじしつ》している様があまりにも悲しい。

「このたびは、お悔やみを申します。どんなにか辛いことでしょう。――ヤコポさん、ごめんなさい……！」

こらえていたが、自分が遠因であることは言わず、ただ詫《わ》びたいという気持ちから出てしまった言葉だ。

「どうしてお嬢さんが……謝りなさるんで？」

「あの……それは――」

「あの男の許嫁《いいなずけ》だからですかい？」

それだけではないが、ヤコポはそう解釈したようで、ふと目に生気を取り戻すと言った。

「お嬢さんを恨むのは筋違いってもんです。わしは何も思っておりません。ただ、お気の毒に思います。あんな悪魔に嫁がなければならないお嬢さんがお気の毒でなりません」

「ごめんなさい……」

筋違いながらも詫びたい気持ちは収まらない。アルマンドが横暴で残酷と非難する気持ちはあっても、側に居ながら彼に注進せず、見逃してきた。それだけでも十分罪深いことだ。

そして、不躾《ぶしつけ》ではないかと思う気持ちを脇へ押しやり、ベアトリーチェは外套の下から宝石を取り出してヤコポに差し出した。

「何ですか？　…………いけません、お嬢さん！」

「逃げて」

押し殺すような声で、彼女は言った。

「これを持ってすぐに逃げなさい。お願いだから」

「お嬢さん――」

ベアトリーチェの顔に涙が光っているのを見て、彼は何を思っただろう。しかし、彼女にできることはそれしかない。きれいごとよりも、何よりも生きてほしい。

「……お嬢さん、あんたはいい人だなあ――それでも、気持ちだけで十分だよ。もらえねえ」

「ううん、早く逃げて。このままではあなたまで殺されてしまう。息子さんの亡骸《なきがら》は、折を見て埋葬してもらうと約束します。もうここで辛いことを我慢することはないわ。ためらってはだめよ、今すぐに！」

叱りつけるように言うと、無理やり彼の節くれだった手に宝石を握らせ、押し返す間も与えずにベアトリーチェは厩を出た。

少し離れてから振り向くと、彼は血走った目で、宝石を握った自分の拳を凝視していた。


今のやり取りを誰かに見られていないか、十分に気をつけながら戻り、館の外階段を上ろうとした時、監獄に使いに遣っていたエルダがちょうど帰ってきた。

「お嬢様、大変です」

「エルダ……！　どうしたの？　あの方に会えた？」

彼女はよほど慌てて走ったらしく、しばらく呼吸を整えないと話もできなかった。石の階段に身を寄せて、ひそひそ声でエルダは言った。

「あの、囚人さんは、もういませんでした」

「え？　保釈金を完済して出られたということ？」

「そうではありません。私がアルテ川沿いの大通りを歩いておりますと、アルマンド様の馬車が駆け抜けていくのが見えました」

「彼は闘技場に行ったはずよ」

「いいえ、闘技場なら逆の方向でございましょう。私は嫌な予感がして、馬車をこっそり追いかけていったところ、監獄の前で止まったのでございます。危うく鉢合わせするところで――お嬢様、今日は行かなくて本当によろしゅうございました。こちらも馬車でしたら、隠れようもございませんから」

「どうしてアルマンド様は監獄へ行ったの？」

「詳しいことはわかりませんが、しばらくして馬車が立ち去るのを見届けてから、私が監獄に行きますと、いつもの看守もおりませんでしたし、囚人さんも、もういませんでした」

「何があったのかしら？」

「なんでも、いつもの看守は出世して看守長になったということでした。それから――」

「それから？」

「あの囚人さんは、コンスタンティーニの独房に移送されたと聞きました」

「えっ、彼がこの城に？」

そしてコンスタンティーニ城の独房というのは、重罪人が放り込まれ、拷問される場所と聞いている。アルマンドの監視下で――。

「どうして？　彼は軽い罪で、写本を書くことでまもなく出所すると言っていたのに」

「それが――どうやら看守が密告したらしいのです」

「密告？　何を――」

と問いかけて、恐ろしい予感にベアトリーチェの心臓がどくんと跳ねた。

「お嬢様がその囚人さんと関わっていたことをです。あの看守、何食わぬ顔をして私どもから賄賂を取っておいて、実はお嬢様がマルファンテ家のご令嬢ということを知っていたのでございます。ですが、お嬢様は何もおっしゃってはいけません。一切関係のないこと」

「でも、それでは……あの方の身が危ないでしょう」

「あちらはあちらで、知らないと言うでしょう。それでいいのでございます」

「でも、アルマンド様が許すと思うの？」

「お嬢様、ヴァラム語のことはもうおあきらめになったほうがよろしゅうございます。大旦那様とのお約束とはいえ、大旦那様はもう天の上にいらっしゃるお方です。お嬢様ご自身の命を危機に晒《さら》してまで読み解かねばならないものでしょうか？　よくお考えください」

「いやよ。わたくしは――」

そう言いかけた時、突然、異変を知らせる鐘の音が鳴りはじめた。

エルダがぎくりと体を強張らせた。

「しょ……処刑の鐘でございます……お嬢様……！」

ベアトリーチェの胸が張り裂けそうになる。処刑台と言われる柱廊を振り返った。

「お嬢様、いけません。ご覧になってはいけません」

エルダの声を振り切って広場に出ると、既に人が集まっていた。

アーチ型のポルテゴをくぐり、ジョバンニの吊《つ》るされた小広場へと走る。

既に、行政長官邸の柱廊にはひとりの罪人が引っ立てられていた。

後ろ手に縛られているが、目隠しはされていない。

アルマンドは肩を怒らせて罪人の隣にいたが、ベアトリーチェの父の姿は今日はなかった。囚人は首に縄をかけられ、四メートルほどの高さの絞首台に立たされて集まった人々を見下ろしている。

ベアトリーチェは愕然《がくぜん》とした。

――あの人だ。

ヴァラム語を教えてくれた、あの快活で美しい人が捕まってしまった。

彼と過ごしたわずかの時間が脳裏をかけ巡る。

文字を教わっただけでなく、旅の話をしてくれた。

異国ではカレンツと違い、君主制をとらず、人々がはっきりと自分の権利を主張することができ、もっと自由に生きていることや、罪人には弁護士を雇う権利があり、裁判をしてからでなければ処刑されないと教えてくれた。

祭りの仮装行列の面白おかしい様子や、田舎の素朴な料理の話――。

囚人という立場を忘れさせるほど、彼には叡智と品格が溢《あふ》れていた。

その彼が、裁きも行われずに散ってしまうなんて。

しかも、ベアトリーチェがヴァラム語の教授を懇願したせいで。

コンスタンティーニの野蛮な法に――法などないのかもしれない――彼が殺される。

やさしく肌に触れ、口づけを教えてくれたあの人が処刑されてしまう。

「――やめて……！」

これまで黙認し、耐えていたことが罪だと気づいたからには、もう黙ってはいない。

ベアトリーチェは大声で叫んだ。

「アルマンド様、やめてください！　あなたは間違っています！」

自分が処刑されてもやむをえない。だが、もう大切な人が殺されるのを見たくない。

絞首台まで五メートル。

ヴァレリオの顔がはっきりと見える。

黒い目で前方を見据えていた彼が、こちらを見た。

わずかの間だが、ベアトリーチェに視線を合わせたと思う。

驚いたような、微《かす》かに笑みを湛《たた》えた眼差《まなざ》し。

拷問を受けたのか、端正な顔は少し腫れて、唇から血が滲んでいる。

怖くないのだろうか。不敵とも思える笑みを口元に浮かべていた。

その横にアルマンドが立っている。彼もまた、なりふりかまわず走ってきたベアトリーチェを見ていた。

灰褐色の髪を短く刈り上げ、頬と顎にたくわえた髭《ひげ》の下で、その表情は一見して掴めないが、彼があのポルテゴに立つのは、決まって、身震いするほどの激しい怒りを抱えている時だ。

父総督の若い頃によく似ているという、屈強な体躯《たいく》にまとった金属の胸当てとゴージット《喉当て》が薄暮に鈍く光り、詰め物をしたブリーチズと革の軍靴が勇ましいが、その力は弱い者をいたぶるためにしか使われたことがない。

ここからは琥珀色《こはくいろ》をしていることもよく見定められない、彼の虹彩《こうさい》は蛇にも似ている。

裁きをせず、祈る時間も与えずに処刑するという非道を止めるには、四人の罪状を説明するわずかの間に説得するしかない。

蛇の目に晒されながら、ベアトリーチェは跪《ひざまず》いた。

「アルマンド様、おやめください！　許婚《いいなずけ》として申し上げます。市井の人を、弁明もさせずに殺すことはどうかおやめください。カレンツを統べる領主として、決してよいことではありません」

捨て身でベアトリーチェは懇願したが、それは逆効果となった。

怒りなのか、興奮なのか、たちまちアルマンドの顔は真っ赤になり、頬髯《ほおひげ》がぴくぴくと動き、こめかみが膨れ上がった。

そこへ、ピエトロが駆けつけ、柱廊の四人とアルマンド、次に観衆を見遣《みや》り、最後に、人々の視線の中心にいる自分の娘を見て瞠目《どうもく》した。

何が起こっているのかを一瞬のうちに理解したようで、人生の終わりを悟ったようにあきらめの表情を見せた。

アルマンドとベアトリーチェが睨《にら》みあっている中で、ピエトロは娘を捉えると、地面におしつけるようにして怒鳴った。

「ベアトリーチェ……何をしている……！　黙れ！　ひれ伏して詫びるのだ！　アルマンド様、申し訳ございません！　娘は病気なのです。熱で朦朧《もうろう》としているのです」

「お父様、おはなしください！　わたくしは真実を申し上げたのです」

「黙れ！　早くベッドに戻れ。ダニエラは何をしている？」

父が必死に取り繕ったが、全てはもう遅かったようだ。

「静まれ！」

アルマンドが一喝する。

「ピエトロ・マルファンテ。つまり、おまえの娘にして、わが許婚は熱のためにうわ言を言っているというんだな。では目を覚まさせてやろう」

彼は薄笑いを浮かべ、ヴァレリオの首に緩く巻かれていた縄を引き絞って緩みをなくした。囚《とら》われ人《びと》はまだ顔色も変えず、柱廊から観衆を見渡している。

「俺の許婚がおまえのようなドブネズミの命乞いをしている。あの女をどう思う？」

断罪の言葉でもなく、アルマンドは囚人に向かって、世間話のように言った。黒い瞳で若い暴君を一瞥《いちべつ》すると、ヴァレリオは涼しい顔で答えた。

「あんたにはもったいないようないい女だ」

すると、アルマンドは笑い、友人の肩を叩くようにヴァレリオの肩に手を置いて、突然彼を突き落とした。

「ああっ」

ベアトリーチェが絶叫したのと同時に、ヴァレリオの体が落下する。

落ちたのが自分ではないのに、彼女の全身が針で刺されたような痛みを感じた。

胸が張り裂けそうだ。

助かるものなら、途中で受け止めたいとさえ思い、駆け出そうとしたが、父に羽交い絞めにされている。

絶望のためだろうか、絞首台となった柱廊も、アルマンドもその側近の姿も、全てが白と黒で構成されて見える。そのベアトリーチェの視界の端で何かがきらりと輝いたような気がした。音も聞こえず、時が止まったようにゆっくりと過ぎる中、監獄の中でヴァラム語の文字を教わり、異郷の地について話を聞き、口づけをした記憶が駆け抜け、それら全てを失ったことを思った。

ありえないと思っていたのに、今、この瞬間に気づいてしまった。

自分はヴァレリオを愛していたのだ。

しかし、彼は死へと突き落とされた。

身を引き裂かれるようなこの悲しみに自分は耐えられるだろうか。

その答えは身をもってわかった。

恐ろしいほどの絶望に、彼女の意識はぷつりと途切れた。

――ひょっとすると、ここが本当に生まれ故郷かもしれない。

＊　＊　＊

ヴァレリオは、柱廊に立った時、ふとそう思った。

カレンツを吹きすぎる風の匂いになつかしさを感じたのだ。

育ての親の司祭の元を発《た》って十三からこれまで七年の間、多くの町や村を渡り歩いたが、郷愁のような感覚に見舞われたことは一度もなかった。

もっと豊かな邦、もっと自由な町、人の情の厚い村――いいと思う場所は他にいくらでもあるのに、なぜかこの、空気は淀み、人々の目が死んだような都市に来て初めて経験した。

自分はどうすればいいのか知りたかったが、結局どうしたらいいかわからないままだ。

出自を求めているうちによりいっそう深い迷路に嵌《はま》ってしまったような気がする。

迷い過ぎたあげく監獄にぶち込まれ、処刑台に立っている。

とりあえず今感じていることは、『見晴しがいい』だ。

ロマーニ邸の廃屋の上に建てられたというコンスタンティーニ城はもともと小高い丘に立地

していて、さらに地上から四～五メートルはあろう二階の回廊に立っているとカレンツ全体を見下ろすことができ、後ろで手を縛られていなかったら、まるでこの町を支配しているような気分になる。城壁はロマーニ陥落の後に増強されたと聞いているが相当堅固だ。

城門から下りる跳ね橋はアルテ川にかかる大橋へとつながり、さらに下るとダーマストオークやヒイラギガシが目にも鮮やかな緑に萌える中に貴族たちのヴィッラが点在している。それから白ヒース、ギンバイカの自生する緩い傾斜を下った窪地《くぼち》には朽ちた教会も見える。

かつては雲母《うんも》片岩で造られた輝かしい白いペルペトゥス大聖堂がそびえていたはずだが、今は廃墟《はいきょ》と化して、ところどころ残っている白い岩や井戸の跡などが、かろうじてその名残を留《とど》めていた。

都市の景観は悪くないが政治が悪い。往来に飢えた半病人のような子どもが多すぎる。傭兵《ようへい》隊長から成り上がった現総督がいつ死ぬかわからない状況で、息子は暴君ときている。周辺の国や地域はカレンツの動向を窺《うかが》っている。二十年前の共和制に戻すべきという声が高い。

まあ、自分には関係ないことだ。

ここで命を絶たれようと、嘆く人間も大していない――と思ったが例外がひとりいる。

眼下にひとりの美しい女が走り出てきて、暴君相手にヴァレリオの命乞いを始めた。領主としてためにならない、と説教までしている。

彼女の名はベアトリーチェ・マルファンテだ。

不条理と感じながらも、誰も何も言わない臆病な民の中で、ただひとり反旗を翻している。

初めて会った時は、美しいだけの飾り物のような女だと思っていた。

逢瀬《おうせ》を重ねるうちに、ヴァレリオは彼女の秘めた強さに気づき、惹《ひ》かれていった。

格子越しにではなく、直に彼女を抱きしめたいと思うようになり、筆写に励んで監獄を早く出ようと思った矢先に、コンスタンティーニ城に移送された。

そこで尋問され、彼はようやくベアトリーチェの素性を知ることになる。

彼女が人々から恐れられている次期総督アルマンドの許婚であったと――。

ヴァレリオの罪状は、監獄でアルマンドの婚約者をかどわかしたというものだった。看守の密告により明らかになったという。

自分が言えた義理ではないが、こんな品性のない男がベアトリーチェと結婚の約束をしていると聞いて、ひどく心が騒いだ。

彼女はそれを避けられない運命と受け入れているのか？

金持ちの娘が自分を訪ねてきた理由は、囚人を慰問して善行を積もうとでも思ったのかもしれない。ヴァレリオは彼女にとってその程度の存在だったのか。

だとしたら、許婚がありながら簡単に唇を許したのはどういうことだ？

男に慣れたふうでもないのに――。

そんなふうに思いながら、今、彼女の未来の夫とやらと横並びで胸糞《むなくそ》が悪い。

アルマンドがこれから何をするつもりか想像はたやすい。

首にかけられた縄からして、円柱に縄の端を結んでおいて宙吊《ちゅうづ》りにするつもりだろう。

手を縛られてこの状況はきつい。

眼下でベアトリーチェが、処刑をやめるようにと訴えている。

監獄にいる間、筆写室で小耳に挟んだだけでも、アルマンドがどれほど市民に恐れられているかが伝わってきた。

今ベアトリーチェが、許婚とはいえアルマンド相手に進言をするのがどういうことか、周囲の人々の驚愕《きょうがく》に満ちた顔を見ればよくわかる。

それほどの危険を冒してヴァレリオの処刑を止めようとしてくれている女は驚嘆に値する。

か弱いのに、心はとても強い。

ヴァレリオはそれで完全に落ちた。

今すぐに彼女のもとに舞い降りて抱きしめたいと思った。

——しかし、どうしたものか。

彼は、背後で縛られた両手首を動かしてみた。

ギシギシと縄がこすれていい具合だ。

囚人服の裾裏に隠しておいたベアトリーチェの髪留めのピンで移送中、秘《ひそ》かに縄を解《ほぐ》して緩めておいた。

吊るされる瞬間に、力を込めて両手を突っ張れば簡単に切れるだろう。

あとはどこを通って脱出するか――。

柱廊の下に落下後、足が折れてなければいいが、左手に続く回廊を厩《うまや》まで駆け抜ければあとは城門まで一直線だ。

城内を探り、逃走経路を考えながら市民たちの表情を見た時、誰もが怯《おび》えたり怒りを隠したりしているのがわかった。ひとつの小さな事件でたちまちそれは膨れ上がって弾《はじ》ける。

もう遠くない未来に――。

「あの女をどう思う?」

アルマンドがくだらない質問をしたので、ヴァレリオは彼を煽《あお》った。

「あんたにはもったいないようないい女だ」

と答えると、相手はにやにやしながらヴァレリオの肩に手をおいた。

――そら、来た。

突き落とされることを予測し、彼の手が触れたと同時に自分の両手首に力を込めて縄を引きちぎった。落下する。低いどよめきの中、ベアトリーチェの悲鳴だけが特別に聞き取れた。

——驚かせてごめん。

宙吊りになって、首だけは絞まらないように首の縄を掴んだ時、群集の中に赤いチュニックと黄色と緑の縞模様《しまもよう》のブリーチズ姿が見えた。ピッポがようやく到着したようだ。

どこにいても目立つやつだ。カボチャみたいに。

ピッポが懐《ふところ》からナイフを出してくるくると指先で回した。

やつは見事に仕留めるだろう。

ヴァレリオは受身の体勢を取った。

首縄を握りしめた手に、がくん、と振動が伝わる。

腕に渾身《こんしん》の力を込めて、首が絞まらないように持《も》ち堪《こた》える。

張りつめた縄がギリギリと震えている。

もうすぐだ。

縄の撚《よ》りが解《ほぐ》れて一本ずつ切れていくのがわかる。

ぷつりと最後の一筋が切れた。

腕にかかっていた力が抜け、ひゅうと体が吸い込まれるように落下していく。

ヴァレリオは本能的に体を丸めて身構えた。

地上で処刑を見物していた輩《やから》たちが蜘蛛《くも》の子を散らすように逃げていく。

軽業師のピッポが膝を曲げろだの頭を腕の中に押し込めろなどと、訓練中に言っていたがとっさに何もかもはできなかった。

石畳の広場に着地した衝撃で前のめりになって転げる。

肘と膝をぶつけて激痛に呻《うめ》きながらなんとか着地した。

あいつならひょいと軽く受身を取れるだろうが、こちらはそう器用ではない。

近くに落ちていたピッポのナイフを拾い、立ち上がると、女が倒れているのが見えた。

金の絹束のような艶《つや》やかな髪は薄暮の広場に灯《とも》る明りのようで、それに縁取られた小さな顔は青ざめている。ぐったりと目を閉じているベアトリーチェの、青い外套からレースのついた白い衣がはみ出し、めくれた裾から細い足が艶《なまめ》かしくのぞいていた。あの柔らかい肌にヴァラムの文字を書いたことを思い出した。

ベアトリーチェを挟んでヴァレリオの反対側に、彼女の父親らしき男が棒立ちになっていたが、ナイフを突きつけると、幽霊でも見たような顔をして一歩後ずさった。

丸顔の召使いらしき女が、お嬢様、お嬢様、と叫んで駆け寄るのが見えた。

その時、突然轟音《ごうおん》が鳴った。

雷が落ちたのか、それとも戦が始まったのかと思うような爆音に、民衆が恐慌をきたした。

「敵襲だあ！」

と誰かが叫び、ある者は天罰だ、などと言って逃げ惑う。

「囚人を捕らえよ」

アルマンドの命令も喧騒《けんそう》の中に埋もれていく。

「悪魔だ」

と、誰かが叫ぶと、恐怖が連鎖反応を起こした。

「本当だ！　処刑台で死ななかったあいつは悪魔だ」

「悪魔が大砲をぶち込んだ」

――ばか、そんなわけあるか。

ヴァレリオは内心呆《あき》れたが、彼らの恐慌はさらに極《きわ》まっていく。

いまだ何が起こったかわからず、みな慌てふためき、教会に向かって走る者もいれば、行政長官邸の階段を駆け上がる者もいる。

どさくさに紛れて殴りあいも始まった。

ヴァレリオはベアトリーチェを抱き上げた。

丸顔の女が必死の形相でその裾にすがりついてきたが、ヴァレリオと視線が合うと、ふとしがみつく手を緩めた。

彼女から奪うようにベアトリーチェを掻《か》っ攫《さら》い、回廊を走り、厩に飛び込む。

具合が悪いことに、この騒ぎにも飛び出さず、馬番が居残っていた。

痩せて生気のない顔をした初老の男が、馬の手綱を掴んでいた。

とっさに隠れようにも、失神した女を肩に担いでいたので反応が遅れた。

馬番はぎょっとしたようにこちらを向いた。

喧嘩《けんか》っ早い性質なのか顔には殴られた痕があり、服もボロボロだ。男は荒《すさ》んだ表情で、ヴァレリオの顔と、その首にまだ残っている縄と、そして彼が担いでいる女へと視線を走らせた。

――ちっ、万事休す……いや、ひと悶着《もんちゃく》起こすか？

できれば非道はしたくない。当身を食らわせるか。

ところが，馬番は何か決意したように手綱を突き出した。

「乗せろ」

「……？」

「これに、お嬢さんを」

「何？」

「あんたも馬に乗れ。早く」

罠《わな》かと思ったが、すぐに、この馬番もアルマンドに恨みのひとつや二つ持っているのだろうと察した。

「これも持っていけ。二度と戻ってくるな！」

彼は巾着をヴァレリオに投げつけた。金目のものが入っていそうだ。

「事情は知らないが、恩に着る」

ヴァレリオは名も知らないその男に短く礼を言うと、ベアトリーチェを腕の間に抱えるようにして手綱を取り、一気に城門を駆け抜けた。

＊　＊　＊

揺られている間、頭が朦朧として何が起こったのか、ベアトリーチェにはよくわからなかった。

彼の死を思って途切れた意識は、彼の呼ぶ声で覚まされた。

「……ベアトリーチェ？」

「……ん……」

「ベアトリーチェ、大丈夫か？　処刑を見て気を失ったんだ」

――え？

どうやら馬車ではなく、馬に共乗りで運ばれているらしい。

しっかりと支えられてはいたが、ベアトリーチェ自身はふわふわと心許《こころもと》なく、手に触れたものをぎゅっと握りしめると、ヴァレリオの囚人服だった。

「気がついたか？　まだ暴れるなよ、落馬するといけないから」

この声は幻かと耳を澄ませたが、彼の胸に寄せた頬には鼓動が感じられた。

「もう速駆けしなくても追ってこないようだぜ、兄貴。ここいらで馬に水を」

少し離れたところから、別の男の声が聞こえる。

馬はやがて速度を落とし、並足になった。見れば、カレンツからは相当離れてしまったらしく、城壁もアルテ川も見えず、薄暗い森の中を、もう一頭の馬と併走している。

鞍《くら》もつけていない裸馬に乗るなど慣れない上に、意識が戻ってくると改めて、馬の体の高さに震えてしまう。

「あの……ヴァレリオ……さん？」

「ああ、俺のことがわかるか？」

見上げると、恋しくてたまらなかったあの黒い瞳が見下ろしている。

触れた衣服の下には温《ぬく》もりが感じられる。脈動も。

彼は生きていた！

「ご無事でしたの……！　わたくしは、夢を見ているの？」

さっき彼の絞首刑を目の当たりにしたのに――！

夢なら覚めないで。彼が生きているなら、ここが地獄でもいい。

「きみが命乞いをしてくれたおかげ――とは言いがたいが、時間は稼ぐことができた」

「ごめんなさい。わたくしがあなたに関わったばかりに……」

「次期総督――あの非道な男はきみの許婚だったんだな」

彼の生還を喜んで夢心地でいたのに、冷や水を浴びせられるような言葉を聞いた。

「ええ――そうです」

「ああやって進言しながら一緒に生きていくつもりだったのか？」

それにはうまく答えられず、口を噤《つぐ》む。アルマンドと結婚などしたくなかった。

だが、親が決めたことを覆《くつがえ》す力もない。

それでも言い訳がましいような気がして、ヴァレリオの胸によりかかって言葉を必死に探していたが、彼は責めるというわけでもなかった。

「このまま連れ去ったら、きみは貞操を疑われて破談になるだろうな。俺はそうしたい」

本気とも冗談ともつかない物言いに、彼の真意を探ろうとベアトリーチェは顔を上げた。黒い双眸《そうぼう》が彼女を捉えた。

どうする？　と問うような、いや、それよりも強い意志でとうに決めてしまったかのように、凛《りん》とした眼差しで問われて、ベアトリーチェは息を呑《の》む。

ヴァラム語を学んで、お爺様《じいさま》の写本を読み解くことに解決方法があると信じていたが、彼の言うような乱暴な方法もあったのだ。

「はい――」

彼女は決意した。

「このままお連れください」

ヴァレリオが微かに驚いた表情を見せ、それから食い入るようにベアトリーチェを見つめて言った。

「――では望みどおり、きみを攫《さら》っていく」

＊　＊　＊

小さな泉を見つけて馬を休ませている間、二人は強く抱きしめ合った。

ヴァレリオの絞首刑を見た瞬間、かけがえのないものを失ったことを悟り、彼が無事とわかった今も、ベアトリーチェの気持ちは変わっていなかった。

彼のほうはどういう気持ちかは知らないが、カレンツから自分を攫ってくれたことは嬉《うれ》しい。

力強い抱擁に、その答えがあるのだろうか。

彼の鼓動を確かめている時、草地を踏みしめる別の足音が近づいてきた。

「ちょっとご挨拶だけいいかな、兄貴?」

赤いチュニックに、緑と黄色の縞模様のブリーチズを穿《は》いた小柄な青年がにやにやしながら二人を見ていた。ヴァレリオは少し腕を緩めただけで、ベアトリーチェに紹介した。

「ああ……こいつはピッポだ。前に話したな?　で、これが――」

「ベアトリーチェ・マルファンテ嬢だね?　『カレンツの宝石』と言われている美人さんとは聞いていたが本当だ。おいら、実は一部始終を見せてもらったよ。お嬢さんの勇ましい口上には惚《ほ》れ惚《ぼ》れだ」

「一部始終？　俺が吊るされる前からずっといたのか」

「まあ、あちこち下調べをしていたからね。兄貴の独房にどうやって忍び込もうかと考えていたら、案外早く出してもらえてよかったよ」

「空砲を撃ったのもおまえか？　ナイフを投げて俺の縄を切ったのは見たが」

「朝飯前でございい！」

　と、言って、ピッポはナイフを五振りばかり宙に舞わせた。いつ、どこからとも覚《さと》らせずにナイフを出して、くるくると操ったかと思うと、突然それらを消して、何も持っていない両手の平を二人にひらひらと振って見せた。

　監獄で、軽業師の知り合いがどこでもついてくるとは聞いていたが、本物の曲芸を見た感動で、ベアトリーチェは瞬《まばた》きも忘れていた。

「空砲はちっと効きすぎて大騒ぎだ。あれは音ばかりで何の威力もないんだけどねえ。おいらの曲芸でもあんなに盛り上がったことはないのに、なんか腹立つ」

「ヴァレリオさんも軽業師なのですか？　それで縄を上手に抜けて――？」

　と、ベアトリーチェが言うと、ピッポが大笑いをした。

「あのかっこ悪い着地で！　ないない」

「なぜ俺がピッポに弟子入りなどしなくちゃいけないんだ」

二人の男は師弟と言われるのを互いに嫌っているようだ。どういう関係か知らないが、ピッポの協力があってこその生還だろう。

「助かったのは、奇跡ばかりではなかったのですね」

「みすみす犬死にはしない」

「……これからどこへ行くのですか」

「トラモント山を越えてトリスタに行く。二日掛かりだが、ピッポの道案内ならまず安全だ。峠を越えたらもう戻れないぞ。本当にカレンツに未練はないんだな」

「わたくしは、善良な人たちが何の咎《とが》もないのに処刑されてしまうのを見ることに、もう耐えられなくなったのです。……先日は、馬番の息子さんが裁判も受けることなく処刑されました。反逆心など持ち得ない温厚な人柄だったのに――わたくしは、臣下も大事にしてくれる人でなければ愛せません」

「よく言った。それだけの覚悟があるなら――いや、覚悟がなくてもそのつもりだったが、誰がなんと言おうともう離さない」

彼は再びベアトリーチェを抱きしめたが、ふと思い当たったように言った。

「ああ、それでか……やっとわかった」

と、ヴァレリオが小さな巾着袋を差し出した。

「馬番が寄越《よこ》した。二度と戻ってくるなと伝言だ」

それを開けると、ヤコポに押し付けたはずの宝石が入っていた。

「隠れようとしたら馬番と鉢合わせしたが、なぜか脱出に手を貸してくれた。そういうことだったのか」

ベアトリーチェはしばらく宝石を見つめていた。

「ばかね……ヤコポ。逃げなさいと言ったのに……」

彼の言葉を思い出して、目頭が熱くなった。

――あんな悪魔に嫁がなければならないお嬢さんがお気の毒でなりません。

「ありがとう。わたくしを逃がしてくれて」

彼はきっと見ていたのだ。

処刑台から、自分の息子と同じように突き落とされた囚人が生還するのを――。

第四章

「さあ、ヴァラム語の授業を始めようか」

旅籠《はたご》の一室でヴァレリオが言った。

どうやってその代金を調達したのかわからないが、投宿先の、離れの浴場でそれぞれが湯浴《ゆあ》みをして人心地つくと、疲れがどっとおしよせた。

ここはカレンツからトラモント山を越えて四十キロ北のトリスタという町だ。

ピッポという青年は気を利かせたのか別の大部屋で宿泊するらしい。ヴァレリオのために用意されたこの部屋は旅籠の中でも特別あつらえの寝室だという。

旅籠の一階は居酒屋で、二階は安い宿、さらにアーチで通りを跨《また》いで別棟へとつながっている。この上客用の離れの間に、今二人はいる。

マルファンテ家の調度に比べればどうしても見劣りはするが、ベッドにはブロケードの上掛けがあり、漆喰《しっくい》の壁には白と青の二色織のタペストリーがかけられているのは気に入った。

天井は古い時代のものか、フレスコ画が淡く残っており、大天使が聖者に何事かを告げている図のようだ。

ベッドの頭側の壁には鉄製の燭台《しょくだい》が埋め込まれ、ひと晩に一本だけ蜜蠟《みつろう》の蠟燭が提供されていた。安宿のほうだと蠟燭一本に九ソール取られるというから、節約しなくてはならないというのに、既に蠟燭は灯されており、早くベッドに入らないと真っ暗な中、手さぐりで床に就くことになる。

緑と赤の幾何学模様の上掛けをめくると清潔なリネンのシーツと毛布が二枚、枕元にはクッションが四つ並べて置かれていて、寝心地は悪くなさそうだ。

しかし、大きいとはいえひとつしかないベッドを前に躊躇《ちゅうちょ》していると、夜着に着替えたヴァレリオがベアトリーチェを後ろから抱きしめた。

「あっ」

ベアトリーチェは驚いて声を上げてしまったが、背中や肩に彼の体温を感じて、胸が高鳴ってくる。ヴァレリオの髪は結わえてあったが、洗い髪から水滴が落ちて彼女の肩に垂れた。

「ベアトリーチェ」

「……はい」

彼女は後ろから抱きしめられたまま、動揺を抑えて返事をした。

「悪いが、俺は聖人にはなれない」

それが何を意味するのか、ぼんやりとわかる。

「行儀よくはできないってことだ」

そう言って、彼はベアトリーチェのうなじにキスをした。そして腕を前に回し、薄布の夜着の上から彼女の乳房にそっと触れる。

はっとして彼女は体を硬くした。

ヴァレリオの息遣いは既にいつもより早いような気がする。

こんなふうに体をぴたりと触れ合わせて、そして――？

これが『疵物《きずもの》になる』ということだろうか、と思ったが、不思議と後悔はなかった。

彼が処刑台から転落した時に自分は死に、彼が生きていたとわかった時自分は生まれ変わったのだと思う。それまで恐れていたものも怖くなくなり、アルマンドの暴挙を看過していた自分の愚かしさを猛省した。

この先、二人がどうなるのかわからない。

だが、今、ヴァレリオが生きている――それだけで十分だった。

彼はもっと多くのものを求めているようだが。

丸い乳房を手のひらで包んで持ち上げるように愛撫《あいぶ》され、悩ましい溜息《ためいき》がベアトリーチェの唇からつい零《こぼ》れてしまう。

「ああ……ぁん」

首筋には彼の唇が押し付けられたままだ。時折、舌先でうなじをなぞられ、彼女の体が小さく震える。華奢な背中と彼の胸がぴたりと合わさって、ひとつの生き物のように呼吸をしている。それは次第に荒くなっていく。

彼の指で乳頭をこりこりと撫でられただけで、小さな果実がぷくりと立ち上がり、腫れぼったくなった。

ヴァレリオの手の中で、自分の胸が変化することに動揺してしまう。

女の体がこんなふうになるなんて知らなかった。

「少し硬くなってる」

と、彼が言い、指先でそっと摘まんだ。

「……あ」

熱い息を吐きながら、ベアトリーチェは頭を仰《の》け反《ぞ》らせた。

「可愛い胸だ。俺の指にこんなに反応して――」

胸だけでなく、乳房の刺激は不思議なことに腰にも影響を与えるようで、下腹部がむずむずと疼《うず》いた感じがして、気がつけば、下半身がうねるように動いていた。

「感じやすいんだな」

彼はベアトリーチェの肩に顔を埋め、甘噛みをした。

「や……っ」

びくん、と体が震えてしまう。

「ずっとこんなふうに触れたくて、監獄で悶々《もんもん》としていた。ベアトリーチェは？　俺が怖くなかったか？」

自分も会いたかった。

だが、はしたない気がして素直に言えない。

「もう……お許しください」

ベアトリーチェは彼の腕の中で身をよじり、向き直った。

背伸びをして彼の目を見つめる。

漆黒の瞳は熱を帯びたよう。

湯あみをして監獄暮らしの汚れを落とした彼は、旅籠から借りたお仕着せの夜着を着ている。

胸元はゆったりと開いて野性味を帯びているが、さっぱりと身なりを整えたせいか、いつもよりいっそう端麗で、黙っていれば良家の令息のようにも見える。

アルマンドに殴られたそうで、唇の端は少し切れていたが、やはり美しい人だ、と思う。

彼の知性や心の在り方にも惹かれる。

視線を絡め合ううちに、どちらからともなく口づけを交わした。

唇が触れた時、彼が小さく呻いた。

傷に障ってしまったのかしらと思って、ベアトリーチェがわずかに身を引こうとすると、彼の手が髪をなでつけるように引き寄せ、強く唇を押しつけてきた。

「……ん――」

余裕なく、むさぼるようなキスを繰り返し、やがて彼の舌が入ってきたが、ベアトリーチェはもう驚かなかった。彼の舌を受け止め、舌先でくすぐるように触れ合い、次第に深く擦り合わせていく。

口腔《こうこう》を探られるだけで、ベアトリーチェの体が熱くなってきた。

ヴァレリオのたくましい腕が彼女の背中全体を抱えて支え、情熱的に唇をむさぼる。

ベアトリーチェも彼の背に腕を回して抱きしめ、全身で彼の体温を感じ、彼の鼓動を感じる。

今は、誰の束縛も受けない。

世界中で、たった二人しかいないみたいだ。

気がつけば、ベッドの上で組み敷かれ、丁寧な口づけを受けていた。

ベアトリーチェの夜着が緩んで、前開きの裾口から太腿が露《あら》わになっているのがわかる。

恥ずかしくなって裾をかき寄せようとする彼女の手を、ヴァレリオが阻んだ。

「あ――、あの……」

「まだ残っている？」

「――え？」

艶《つや》めいた声で問われ、戸惑う。ベアトリーチェの乱れた裾から彼の手が滑り込んで、太腿に触れた。

「あ……ん」

「ヴァラム文字のことだ……さすがにもう消えたか」

裾を開かれて下肢が彼の目に曝され、ベアトリーチェは狼狽《ろうばい》した。

覚悟はしていたつもりだが、男女の睦みごとについて何も知らなかったから。

彼が内腿《うちもも》の柔らかい肌に文字をひとつ、指先で書いた。

――あ……。

格子越しにスカートの下で、看守に見つからないように彼がアルファベットを記したことを思い出して恥ずかしくなった。あの時は鉄格子が隔てていたが、今は彼の前に柔肌を剥《む》き出《だ》しにされてしまう。

既婚の女性はみな、こんな恥ずかしさに耐えているのだろうか、と思った。

「あの夜は悶々としてしまって辛かったんだ」

「あの夜?」

「監獄にきみがやってきた……二度目の面会だ。きみの足に触って、キスもした。その後が大変だった」

「どうしてですか?」

「男はそういうものなんだ。仕方がないからその日は筆写を多めにこなして気を紛らわした。

ウバルドは、あの監獄の作業室に通い詰めて儲《もう》けている。字の書けそうな囚人に筆写をやらせて手間賃はほんのわずかだ、あのしみったれめ」

「本屋さんですね。あの方が、あなたのことを教えてくれたのです」

そうでなければ決して出会うことのなかった二人だ。

「それには感謝しよう。こうしてきみに触れられるのもやつのおかげだからな」

彼はそう言い、当然許されたものと決めたように迷いなく彼女の夜着の紐《ひも》を解いた。

胸元が開かれ、白い乳房が露わになる。

彼はベアトリーチェの胸に顔を覆いかぶせ、乳頭に口づけをした。

きゅん、と胸が疼き、下肢がわずかに突っ張った。

「すごくきれいだ――想像していたよりもっと」

「あの――恥ずかし……んっ」

再び乳首にキスをされたかと思うと、そのまま彼の口の中に取り込まれ、舌で巻き取るように吸われた。さっきより強い刺激にベアトリーチェののどが弓なりに反《そ》る。

「あ……っ、あぅ……」

苦しげな中に甘さを秘めたよがり声が自分の耳に響いて、混乱した。

そんな声を自分が出すなんて信じられない。

甘えて媚《こ》びるような鼻にかかった声音。

意味もなく声を上げてしまう自分に動揺した。

ヴァレリオはよほど気に入ったのか、彼女の胸に執着し、舐《な》めたかと思うと指で転がすようにつまみ、手のひらで押しつぶしたりしている。

ふだんはなんでもないのに、彼女の胸はすっかり敏感になってしまい、彼の吐息が当たっただけでもぴくりと反応してしまう。

「……あ、……っ、だめです――、いや」

金の髪を枕に擦りつけ、はかない抵抗を試みたが、彼の愛撫はやまず、ベアトリーチェはすっかり酔いしれたように顔は熱くなり、無意識に体をよじった。夜着がひどく乱れて肩から腹まではだけて肌が露出してしまっている。

彼を照らしている燭台の明かりが揺れて、彼の髪も風に吹かれたように揺れて見えた。

胸を弄ぶのをやめると、彼は唇を下にずらし、臍《へそ》の上までゆっくりと進んだ。

チュッ、と時折音を立ててベアトリーチェの肌を吸い、うっ血の痕を残す。

きっと何日も残ってしまうが、そう考えるだけでも心が浮き立った。

ヴァレリオは丹念に体を解そうというように、彼女の肌を味わい、やがて下腹部まで彼の顔が下りてきた時には、ベアトリーチェは目をきつく閉じて羞恥心に耐えなくてはならなかった。

――早く、蠟燭が消えてしまえばいいのに。

誰にも見せたことのない場所なのに。

彼女が緊張して体を硬くしたのに気づいたのか、ヴァレリオはふと体を起こして匍匐《ほふく》するように移動して視線をベアトリーチェに合わせると、再び口づけをした。

ほっとして彼女が力を抜いた時、足のあわいに彼の指がすっと忍んできた。

「あ……っ」

ぴくん、と体が震えた。

「ゆっくりするから――怯えないでくれ」

彼の掠《かす》れた声が官能的で、それだけでくらりと眩暈《めまい》を感じる。

同衾《どうきん》とは、人には決して見せない部分まで繋《つな》がることをいうのだと漠然とは知っていたが、いざ、そこに臨むとどうしても臆してしまう。

彼は、砂地に線を描くかのように、指の腹で陰唇をなぞった。

「あ……っ」

ズキンと脈打つような感覚が体を走り、驚きの声を上げてしまった。

彼の指は何かを探すように、ゆっくりと動き、谷あいを行きつ戻りつしていた。その刺激のためか、ベアトリーチェの体は幾度となく強張り、自分では止められない震えに見舞われたりした。下腹部《はら》が熱を孕んだように重怠《おもだる》くなり、奥のほうから何かが溢《あふ》れてくる。

「あの……恥ずかしいです……もう……おやめください」

「そんな甘い声を出されても、やめる気にはならないな」

彼は逆に自信をつけたように、指先でこれまでより深い部分をえぐった。

「ぁあっ……！」

瞼裏に閃光《せんこう》が走り、どくん、と体が跳ねた。

「ここがいいんだな」

彼の判断基準はわからないが、ベアトリーチェが乱れるほど彼の思い通りであるらしく、あらゆる部分を指で触れて、彼女の反応を見ているようだった。

指の動きのひとつひとつに反応して、彼女の体はベッドの上で何度も跳ね上がった。跳ねる時は渾身の力を込めてしまうようで、その後ぐったりと疲れ果ててしまう。

「もうとろとろになってる」

淫靡《いんび》な物言いでそう告げられたかと思うと、ヴァレリオはびしょびしょになった谷間にさらに深く指を挿し入れてきた。

小さな抵抗と痛みに彼女は悲鳴を上げた。

「とても狭い――まだ許嫁《いいなずけ》にも許していなかったんだ。安心した――なんて勝手だがいいな」

生娘であることを彼が喜んでくれていると思うと、ベアトリーチェも嬉しかったが、秘めた場所に押し入ってきたものが指一本なのにひどい異物感で、自分の体はそういうふうにできていないのかと不安になった。

「わたくし、ヴァレリオさんのお気に召すようにできるでしょうか」

「俺が気に入るかなんて、心配しないでいい。気持ちが寄り添っていればそれでいいんだ」

思いがけない言葉に、ベアトリーチェはふと楽になった。

「互いに寄り添っていれば——の話だが」

「わたくしは尊敬しています」

「尊敬？　ばかな」

「たくさんの言葉を操れるのでしょう？　ヴァラム語だけでなく」

「あちらこちら渡り歩いていれば自然と身に着くさ」

「わたくしは、カレンツの中しか知らないもの」

「俺が連れていってやる」

そう言って、ヴァレリオは彼女を抱き寄せた。いつの間にか、二人とも一糸まとわぬ姿になっていた。

——互いに寄り添っていれば……。

ベアトリーチェはそのとおりだと思い、彼の胸に顔を寄せて目を閉じた。

全てを委ねて彼についていきたのだ。

今さら何を怖がることがあるだろう。

そっと彼の背に手を伸ばして胸を合わせる。

ヴァレリオの胸は思ったよりもたくましく、湯浴みの名残か、イリスの匂いがした。貴族階級の男性がよく使うさっぱりした香油だが、彼の体で温められたからか、品のよい香りとなって彼の肌になじんでいる。その香を嗅ぐだけでベアトリーチェは夢見心地になった。

しっかりとヴァレリオの胸に収まり、身を任せていると、再び彼の指はベアトリーチェの秘所をやさしく弄《いじ》り始めた。

唇を重ね、舌を絡めて互いを求めているうちに、彼女の蜜壺はすっかり潤い、彼の指をするりと受け入れていた。最初は押し入られるような抵抗感があったが、抜き差ししているうちに滑らかな動きになってくる。

「きみのここ、すごく柔らかい――」

彼が悩ましい声で言う。

「いや――恥ずかしい……」

触れられているだけでも息苦しいような気持ちなのに、口に出されるといたたまれない。

「いきなりだときっと入らないから」

無垢《むく》な彼女の体をいたわって、時間をかけてくれているのだろう。

指一本が抵抗なく入るようになると、彼は指を二本に増やして、重ねて抜き挿しし始めた。

「……う……っ」

やはり抵抗が強くなって、わずかに痛みがある。

「痛い？」

「いえ……大丈夫です」

とは言え、どうしても腰が逃げてしまう。

ヴァレリオが空いたほうの手で彼女の腰を抱き、利き手では正確なリズムで蜜路を擦り上げる。鈍い痛みは次第に遠のき、心地よさがせり上がってくる。

「あ、……ぁっ」

どう抑えても、これまでに出したことのない、ひどく上ずった声が漏れてしまう。

「ここがいいのか？」

「あっ、……あぁん、だめ――っ」

ベアトリーチェはヴァレリオの腕の中でのたうちながら、何度訴えても放免してはもらえず、彼の指がもたらす不思議な感覚に翻弄されていた。

肉洞が自然とうねって彼の指を締めつけてしまうのがわかる。

気持ちよさに身悶《みもだ》えしてしまい、彼の手を挟み込んだまま両膝を擦り合わせて乱れた。首を振って耐えようとするが、艶めいた声が漏れてしまう。

自分の体なのに思うように制御できず、たまらずにヴァレリオにしがみつくと、下腹部に硬いものが当たった。彼の息遣いも速くなって獣じみてきた。

「も……やめ、て……。おかしくなってしまいます」

「いいよ。もっと感じてほしい」

彼はそう言って、二本の指を束ねて隘路《あいろ》をえぐるように擦った。

「ぁああっ」

突然、ベアトリーチェの体が硬直した。

苦悶《くもん》するかのように悲鳴を上げたが、痛みのためではない。胎内から脳天に突き抜ける快感に体がびくびくと震えてしまうのだ。

「達《い》ったんだな。すごく締めつけられる——こんなに濡れて」

彼はそう言ってベアトリーチェの腰から腕を離し、体を起こして覆《おお》いかぶさってきた。彼の黒い髪がひと房、肩から滑り落ちてベアトリーチェの乳房をくすぐる。

膝より少し上に彼の手が触れた。

ゆっくりと足が開かれ、熱い塊が秘所に押し当てられる。

ベアトリーチェは息を詰めて待った。

濡《ぬ》れた花芯をそっと割り開いて硬いものが入ってくる。

「……っ」

ほんの入り口に収まっただけなのに強い圧迫感があり、思わず体がヘッドボードのほうにずり上がってしまう。

「最初は痛いかもしれないが、耐えてくれ」

ヴァレリオは下肢を密着させると、彼女の肩の上のシーツを掴むように両手をついた。

ベアトリーチェの体が逃げないように、腕でせき止めているのだろう。

彼女が頷くと、ヴァレリオが腰を落としてきた。

「……っ、ぁ、あん」

灼熱《しゃくねつ》が狭い蜜洞をぐいぐいと押し入ってくる。

覚悟はしていても、無垢な体を開かれるのは痛みが伴う。

剛直が肉襞《ひだ》を押しやり、ベアトリーチェの胎内に突き進んでいる。

骨盤がギシギシと音を立てそうだ。

「……あ、……っ、う……」

華奢な背中は弓なりに浮き上がり、その手はシーツを握りしめていた。

青い瞳はその衝撃で潤み、白い肌は上気して朱に染まる。

「あ……ヴァレリオ……さ、ん――」

「少し力を抜いてくれ、ベアトリーチェ！　きみを壊してしまいそうだ」

そこで躊躇したのか、彼の動きが止まった。ほっと息をつく反面、ここでやめないでほしいと思った。

「大丈夫です。お願い……！」

交わることを懇願した理由は、自分が変わりたかったからなのかもしれない。

父の命令から自分を解き放ち、アルマンドから自由になり、慕うべき人と共にいるために。

「壊れてもいいの――」

溜息をひとつ漏らしたかと思うと、ヴァレリオは彼女の肩を掴み、しっかり固定すると一気に挿入した。

「ああ――っ」

激痛に体が強張り、眼裏に稲妻が走った。

自分の肉体に深々と埋め込まれた灼熱に、肉襞がびくびくと震えて絡みつく。

白い肌から汗が噴き出し、眦《まなじり》には涙が零《こぼ》れ落《お》ちる。

「大丈夫か？」

そう言って、ヴァレリオが彼女の涙を拭い、乱れた髪を撫でつけてくれた。

やさしい仕草に、ベアトリーチェの胸が熱くなる。

全てが終わったかのように、彼は静かに抱いていてくれるが、体はまだ繋がったままだ。ベアトリーチェは自分の中に男性の体が挿入されているという奇妙な感覚に茫然《ぼうぜん》としていた。

丁寧に解され、開かれたから、動かずにいてくれれば耐えられるが、重量感と異物感が大きくて、呼吸をしても響いてしまう。

「よく辛抱したね」

彼は子どもを褒めるようにそう言って、額にキスをした。

「しばらくこうして抱いているから」

「──わたくしはもう、あなたの……もの？」

「そうだ……誰がなんと言おうとな。あのクソ野郎には渡さない」

「ありがとう──ございます」

「なぜ礼を言うんだ？　礼を言いたいのはこっちだ。処刑を止めようとしてくれた」

「あなたが、縛られて、いるのを、見たから──」

いまだ呼吸が整えるのがせいいっぱいだったが、ベアトリーチェは喘《あえ》ぎながら言った。

「気がついたら……ああしていたの」

しかし結局、処刑を止めることはできず──心臓が止まりそうだった。

「あれが恋敵かと思うと、絶対脱出してきみを奪ってやろうという気力が湧いた」

ヴァレリオの胸に寄り添いながら、あの時のことを思う。

彼の死を思った瞬間、彼を愛していると気づいたのだ。

いま、こうして体を繋げていることが嬉しい。

ヴァレリオの言ったとおり、最初の痛みは相当なものだったが、彼が動かずにいてくれるうちに、少しずつ落ち着いてきた。

「よかった……またヴァラム語を教えていただけますね。文法以外では、まだたった一言しか単語を覚えていませんもの」

「何て言葉だ？」

「それは……あのう……オッチェデンテ」

小さな声でベアトリーチェが言うと、一瞬ヴァレリオは眉をひそめてこちらを見た。

それから、青い瞳の中に微笑を見てとったのだろう、呆れたように言った。

「悪態を吐くとは悪い口だ。封じてやらねば」

「あっ、あなたに言ったんじゃな——んん」

弁解しようにも口を塞がれた。荒っぽくかぶさり、情熱的にむさぼられ、下腹部の異物感を抱いたまま、ベアトリーチェはそれに応えた。

彼女の中で、ヴァレリオの楔《くさび》による圧迫感が増した。

苦しくなって呻く声も彼の唇で吸い取られる。

「んっ……、う、んんう」

しばらく静かに抱いていてくれると思ったのに、何が彼の衝動を突き動かしたのかわからない。激しく舌を絡め、口中を調べ上げるように舐《な》め回《まわ》し、指先でベアトリーチェの乳房を弄ぶ。

乳頭がじわじわと熱くなり、体中の血が回り始めた。

荒っぽく唇を離すと、彼は言った。

「きみは変なやつだな。さっきので、何の色気もない言葉なのに——抑えられなくなっちまっただろうが」

「わたくしのせいなのですか？」

冗談交じりに言っただけなのに、どうして？

ベアトリーチェには彼がなぜ憤慨したふうに言うのか理解できなかったが、それまでは彼女の体を案じて抑制してくれていたことを知った。

今はそれも解き放たれ、彼は衝動のままに動き始める。

「ひ……あぁっ」

わずかに腰を浮かし、ベアトリーチェの中から後退したかと思うと、再び戻って抽挿を繰り返す。ベッドがきしむほど荒々しく突き上げる。

「あ、あ……あん、あっ」

その激しさに思わずしがみつこうと腕を伸ばし、彼の背中に留まろうとして爪を立ててしまう。上下に揺さぶられ、金の髪が乱れる。

落ち着いていた鼓動が再び早鐘のように鳴り、汗びっしょりになる。

「悪い、もっと大事にしたかったんだが——止められない」

荒い息の下で、彼が呻くように言う。

ベアトリーチェは男の裸など見たこともなかったが、均整のとれた肉体がしなるように動く様は美しいと思った。

ベアトリーチェが何度か突き上げられて、蜜洞が痺《しび》れてきた時、最奥からじわりと快感が溢れてきた。頭が真っ白になり、体が宙に浮いていくような感覚に身震いをした。

「ああっ、もうだめ……！　お許しください、もう――」

彼が何をこらえていたというのかわかった。

身体を駆け抜けるこの衝動を抑えていたのだ。

感じていることを知ったのか、ヴァレリオの動きも速さを増した。

嵐のような愉悦に呑みこまれ、二人はともに上り詰めていく。

「ぁ――あああぁ……！」

ベアトリーチェは大きく仰け反り、絹を裂くような悲鳴を上げた。

ヴァレリオの体も一瞬硬直し、次にベアトリーチェの胎内に熱い飛沫《しぶき》が注がれるのを感じた。

＊　＊　＊

鐘の音が聞こえる。

ベアトリーチェは、はっとして目を開けた。

――また処刑……？

心臓がドキドキして、息苦しくなる。

「どうした、ベアトリーチェ？」

低い声が耳朶《じだ》に響く。全身が何かに包まれているように温かい。

「鐘が……」

怯《おび》えた声でそう呟《つぶや》き、相手の胸にすがりつく。

「鐘がどうかした？」

やさしく抱きしめられているのはなぜなのだろう。

一瞬、何が起こったのかわからず狼狽した。

なぜいつものようにエルダが起こしに来ず、男性と一緒の褥《しとね》にいるのか。

裸身のまま、ベッドで半身を起こそうとした時、足の間が疼くように痛んだ。

「……あっ」

「無理をするな。まだ体がきついだろう？」

その言葉で、昨夜のこと全てが蘇《よみがえ》る。

攫われるようにしてカレンツを飛び出し、敬愛する男性に身を委ねた。今も体の中に彼がいるような、鈍い痛みがある。こうして、肌を合わせたまま寄り添って眠っていたのだ。

――ああ……わたくしは、もう――。

ようやく意識がはっきりした。

「ヴァレリオさん――！」

きりりと形良い眉、切れ長の目、情熱を抱いた漆黒の瞳、まっすぐ通った鼻筋、知的に引き締まった唇――ため息が出るほどの美貌が近づいてきて、探るように静かなキスをした。

「何を怯えているんだ？」

「処刑のたびに鐘が鳴るので、怖いのです」

「あれは町のちっぽけな教会の鐘だ。貧相な音だろう？」

「……やさしい音色ですね」

わかっていても、習慣になってしまい、鐘の音と聞くたびに血の気が引き、動悸《どうき》がする。この悲しい反射はいつなくなるだろうか。

「なんとも哀れだな」

彼はそう言って、抱き寄せてくれた。

昨夜の余韻を引きずるように、目を閉じてヴァレリオの胸に額を寄せる。大きな手が、柔らかい髪に触れ、鐘の音の残響を拭い取るかのように、静かに撫《な》でてくれた。

「もう忘れるんだ。俺がきみを守るから」

――この人が死ななくてよかった。

それを思うと、また怖くなり、彼の首筋にしがみつく。

熱情のままに、我を忘れれば、恐怖から逃れられるかもしれない。

「ベアトリーチェ？」

ヴァレリオが両肘をついて彼女の上にそっとかぶさってきた。

「わたくしを離さないで……！」

ベアトリーチェの体の芯は、もう熱くなっていた。

ヴァレリオは彼女の肌を撫《な》で回《まわ》し、鎖骨の窪みや首筋を舌で味わう。

「石灰を塗った紙のように白い肌だ。新しい言葉を書いてやろう」

「新しい……言葉？」

「愛するという動作を表す言葉だ」

彼は左腕でベアトリーチェに腕枕をして、体を少し起こした。彼の胸にぴたりと寄り添う格好になり、包み込まれたような気持ちになる。そうしておいて、右の指先で彼女の乳房の上に文字を綴り始めた。

指先は文字を綴《つづ》っているが、彼の手の平がベアトリーチェの乳頭に触れて、ぞくぞくした。

「感じやすいな。動くなって」

「でも……あの――」

「こんなところを硬くしていやらしいな。授業を受ける気がないのかな？」

と、からかうように言って、胸の屹立《きつりつ》を口に含んだ。

「あ……っん」

彼の唇が乳輪にあてがわれ、舌が尖りに触れた。それだけでベアトリーチェの蜜口がきゅんとすぼまる。既に熱くなっていた胎内がじわりと湿ってきた。

それを見通したように、彼の指がベアトリーチェの花弁に滑り込んでくる。

「ふ……っ、んん」

そのまま秘所の入り口を指先で弄り、花芯の上端の小さな粒を探りあてた。

「あっ」

びくんと彼女の体が震え、じわりと心地よさが広がる。

「ここもよく感じるな」

その粒を摘まみ、こりこりと解すように動かされると、瞼に火花が弾けるような感覚に見舞われ、さらに激しくのけぞった。

「あ……ッ……、う、だめ……それ……っ」

苦痛はないが快感の波が強烈すぎて怖くなる。

「じゃあ……これは」

ヴァレリオはそう言って彼女の蜜壺に指を挿し入れてきた。

異物感はまだ否めないが、すんなりと受け入れる。

「不真面目な生徒だ。授業中にこんなに濡らして――」

彼を受け入れることを覚えた蜜洞が疼き、彼の指を咥《くわ》えたままうねり始める。

「体の中にも書いてやろう。よく覚えられるように」

彼の淫靡な声が耳元で囁く。

ヴァレリオの胸に手を添えて息を詰めていると、彼女の中で彼の指が動いた。

肉襞にヴァラム文字を書くと言って、指を蠢《うごめ》かされるとやはり少し疼くような痛みがある。

「い……っ」

「そんなに硬くならないでいい」

「ん、……でも——っ」

クチュクチュと濡れた音が聞こえて恥ずかしくなる。

彼の指が内側を這い、愛の言葉を綴っている間、ベアトリーチェの体はずっと震えていた。

子宮が熱っぽくなり、腰がひくひくと動き始める。

「そんなに動くとちゃんと書けない」

そうたしなめられても、もう止められない。

「でも……ッ、……、あ、やぁ……もう——」

「もう抜いてほしい？」

ベアトリーチェは首を振った。

「もっと、違うの……が」

「これがほしいか？」

彼はそう言ってベアトリーチェの手を彼のヘソの下あたりに導いた。

誘われるままに触れると、硬い屹立の大きさに息を呑《の》む。

「そのまま触れていろ」

ベアトリーチェの手では覆いきれない灼熱を撫でている間にも、それは角度を変えて、より猛々《たけだけ》しくなっていく。

これが本当に自分の中に入ったのかと思うが、体はそれがほしくてたまらないというように火照っている。

ヴァレリオの腕が彼女の腰に回り、自分の体に引き寄せた。

下腹部に熱い剛直が触れる。

「あ……、すごい……」

「きみがそばにいるだけでいつもこうだ」

彼に押されるままにベアトリーチェの体が開いていく。

ヴァレリオは彼女の両手首を掴んでシーツに押し付けた。

動きを封じられ、無防備に開かれた体に彼が入ってくる。

「……うっ」

蜜を十分に湛《たた》えていても、抵抗があり、体ごと押し上げられそうになる。

濡れ襞を開き、鈴口がずぶりと挿入された。

「ああ、……あ……っ」

潤んだ声音と彼の荒い息が交錯する中、ベアトリーチェの奥に彼がどんどん進んでくる。膣洞がいっぱいに広げられ、苦しげなよがり声を上げてしまう。

ベアトリーチェの手首を捉えたまま、彼が背を少し曲げて口づけをした。その動きで隘路が軽くえぐられる。

「んっ……んうう」

同時に口腔に荒々しく彼の舌がねじ込まれる。小さな舌をからめ取られ、息苦しさに追い詰められる。ベアトリーチェの体は薔薇色に染まり、生理的な涙が溢《あふ》れ出《だ》す。

「ああ――どうしていいかわからないほど愛《いと》しくて、激しくしてしまう」

唇を離して呻くように言うと、彼は抽挿を始めた。

硬い灼熱が押し入っては引き戻される。

彼が退くと、ベアトリーチェの肉襞が彼を追うように収斂《しゅうれん》し、貫かれると悦《よろこ》びにびくびくとまた締め付ける。

「なんて淫らな体だ。痛いほど締めつけて……」

「あん、ごめ……な……さ――ぁあん」

息も絶え絶えに彼に詫《わ》びるが、言い終えないうちにまた貫かれて悲鳴を上げる。

快感に翻弄される中、何度目かの波がやってきた。

ヴァレリオの抽挿も熱を帯びて激しさを増した。

「あっ、……い、達っちゃう――！」

ドクン、と音を立てるように四肢が強張り、頭の奥が痺れてきた。

ヴァレリオの腕に力が込められ、彼女の体の中にざっと熱いものが広がる。
官能の衝撃に、ベアトリーチェはいつまでも震えていた。

第五章

「兄貴、こっちだ」

ベアトリーチェとヴァレリオが目覚めの交合を終えてようやく旅籠《はたご》の一階に下りると、ピッポが待っていた。旅籠の一階は居酒屋兼食堂となっている。

昨日、彼はヴァレリオの馬のわずかに後方を併走していたので、ベアトリーチェはピッポの面相をあまり見ていなかった。しかし、黄色と緑の縞模様《しまもよう》のブリーチズがひときわ目立つので、声のする方を見ただけですぐにわかった。

彼はヴァレリオを『兄貴』と呼んでいるが、血の繋がりはなく、似たところはひとつもない。

「お楽しみだったかい？」

「黙れ、ピッポ」

この短いやりとりが何をさしているのか、ベアトリーチェにもなんとなくわかって気まずいが、ピッポはかなり気の利く男で、ヴァレリオを貴族になぞらえると彼は執事か家令といった働きをしているようだ。

というのも、今朝、ピッポが遠慮がちに戸を叩き、囚人服では町も歩けないだろうから兄貴の着替えを置いておくと言ったのだ。

既に着替えていたベアトリーチェが戸を開けて受け取ったところ、衣一式でひと抱えもあったが、どれもいい仕立だった。

今、ヴァレリオは、茜色《あかねいろ》のアンダーローブの上から緑色の絹の衿《えり》がついた青いコートを羽織り、金鎖の頸章《けいしょう》をゆったりと掛けていて、それが違和感なく似合っている。

室内ではつけていないが、青い小さな帽子や腰に吊るすパースも用意されていた。ひとつひとつが上物で、成り上がりのような悪趣味でもなく、これを選んだのが全てピッポだとすれば、彼は案外目の肥えた人なのではないだろうか。

これなら、間近で彼を見たアルマンドでも、ヴァレリオと気づかないだろうと思う。

ベアトリーチェのほうは、白いアンダーガウンの上に、衿の深く開いた赤いオーバーガウンという日常着に青い外套《がいとう》を羽織っただけで飛び出してきたのだが、徒歩で出かけるにはほどよい身軽さだった。

小さなテーブルを囲んで、ピッポと差向いに二人が座ると、居酒屋の女房が次々に料理を運んできた。

こういう場所での食事は初めてだ。

宿泊客だけでなく、常連の地元の客もいるらしく、朝からにぎやかだ。おぞましい金の燭台や気の重い沈黙もなく、こちらのほうが心地よいと思った。

とはいえ、旅籠の食堂で食事をすることは初めてなので、戸惑ってほかのテーブルの客の様子を見ていたら、ヴァレリオが小さな木皿に肉や野菜を切り分けてくれた。

「ほお、兄貴、やさしいねえ」

ピッポが冷やかしてもヴァレリオは何食わぬ顔で、ベアトリーチェの給仕係を務めてくれる。

「ごめんなさい、すぐに覚えて、自分でできるようにしますから」

「気にしなくていい」

と、彼は言いながら、今度は自分の皿を取った。

ナイフとフォークを使って、物音ひとつ立てずに料理を取り分ける仕草はとても洗練されていて、王侯に仕える騎士のような優雅さが漂う。

食事中、ピッポがカレンツに来るまで見聞きしたことを話している間も、ヴァレリオは静かに耳を傾けて相槌《あいづち》を打っていた。時折ベアトリーチェと視線が合うと目で笑いかけてくる。

この後、ピッポが『兄貴はどことなくお上品だから』と冗談めかして言うのを頻繁に聞いたが、ベアトリーチェも同じ思いだった。

「ピッポさん、宿を取ってくださり、ありがとうございました」

食事の後、彼女が礼を言うと、ピッポはぎょっとした顔で、椅子の背もたれにそっくり返った。

「れ、礼なんて過ぎるぜ。兄貴のことはオズヴァルド神父からくれぐれも頼まれているんで」

「オズヴァルド神父……?」

「兄貴の養父だよ。カッシーニ修道会が後ろ盾についてる」

これは何かの偶然だろうか。

写本の中にそれらしい人名があった。聖職者は古の聖者の名をつけることが多いので、同じ名前の神父がいても全く不思議ではないが。

「ピッポ、俺がまだ言っていないことまで喋りすぎだ」

「へいへい。昨晩たっぷり時間はあったのにまだ言ってない? ははあ……なるほどねえ。で、定住する地は見つかったのか、兄貴?」

「いや――一年かけて各地を巡り、気に入ったところに住もうと思う。しかし、カレンツだけはないな。当然のことながら」

と、ヴァレリオが皮肉な口調で答えた。

「だろうな。お尋ね者になっちまったから。しかし、おいらがちょっと目を離したすきに、どうして監獄に?」

「おまえに言うほどのことではない」

「またまたぁ。絞首刑なんて尋常じゃねえ。まさか人を殺《あや》めたりなんぞ――」

ピッポは声をひそめて言った。物騒な会話なのに、表情は明るい。

「俺は裏通りの居酒屋でメシを食っただけだ。金を払おうとしたら財布をどこかに置き忘れたらしい」

「巾着切りに遭ったんだな、あれほどいつも気をつけろと言ってるのに」

「巾着切り……？」

ベアトリーチェが尋ねると、ピッポは手刀で空を切る仕草をした。

「すられたんだよ。紐を切ってパースごと持って行かれるなんざ、しょっちゅうさ。兄貴は案外抜けてるから」

「まあ――」

ヴァレリオ本人の口から、何の罪を犯したのかは聞いてなかったが、彼に悪意はなく、むしろ被害者だったということに安堵《あんど》した。

「お嬢さん、がっかりしたかい？　おいらは、兄貴はただもんじゃねえと信じてるんだ。今にでかいことをきっとやってくれるってな。だけど今のところは残念ながら、そういうかっこ悪いやつなんだよ」

「そうでもないぞ。総督の息子の許嫁《いいなずけ》を盗んだ大泥棒だ」

「えっ、……ってことは、最初から恋仲じゃあなかったのかい？　攫われたにしては落ち着いてる。肝の据わったお人だな」

そう言って、ピッポはベアトリーチェを上から下までじろじろと見た。

品定めでもしているのだろうか。

彼にとって自分は足手まといで迷惑な存在ではないだろうか。

「ふん、ふん、なるほど……そうきたか！　いいね。いい考えだと思うよ、兄貴」

「はぁ？　俺はまだ何も言ってないが」

「最後まで言わずともわかるよ。蜜月ということなんだな？　しばらくはお嬢さんと町でもぶらぶらして来たらいいよ、兄貴。おいらはカレンツがどうなったか見てくる」

「カレンツにいらっしゃるの？　ピッポさん」

「おう——大砲ぶっ放しちまったからな——もう収まっているとは思うが」

「そうなんですか」

ベアトリーチェもカレンツのことは気になっていた。

騒ぎはともかく、自分がアルマンドにたてつき、その上駆け落ち同然に家出をしたことで、父の立場はどうなるのだろうか。

それに、エルダとも離れてしまったが、彼女がベアトリーチェから目を離したと責められないだろうか。父が使用人を折檻するようなことはないけれど——。

ヤコポのことも気になる。

ヴァレリオの逃亡に手を貸したことを見咎《とが》められなかっただろうか。

そんな彼女の心を見透かしたかのようにピッポが言った。

「自分でしたことの落とし前はきっちりしていないと気がすまない性分でね。……カレンツに何か気になることでもおありですかい？　お嬢さん――いや、もうお嬢さんはおかしいか。奥様……ってのもなあ。兄貴のいい人なら姐《あね》さん？」

「ベアトリーチェでけっこうです。実は父が罪に問われないかが……心配なのです。父は法務官で、ピエトロ・マルファンテといいます。ご覧のとおり、わたくしがアルマンドさんに口答えをしてしまったので、怒りを買ったかもしれなくて――」

法というものが何の力もなくなったカレンツでは、言いがかりでどんな罪でも作り出せる。処刑に関しては手の早い男だけに、残してきた家族が心配だ。

「ふむふむ、よろしい。見てきましょう。親御さんに伝言はあるかい？」

「いいえ――父が無事ならそれだけで十分です。乳母のエルダが話のよくわかる人ですから、彼女と接する機会があったら、わたくしは元気だとお伝えください」

「エルダ、ね。承った」

「どうか無茶《むちゃ》はしないでくださいね。アルマンドさんは恐ろしい人ですから」

「心配すんなって。じゃあ、ちょいと失礼。あ、兄貴にはこれを。小金だ。もう取られないでくれよ。基本、兄貴は田舎育ちだからのんびり屋でね」

そう言ってぽんと放り投げたのは小さな巾着だ。ヴァレリオが受け止めた時の音の重さからして、コインがけっこうな量、入っているようだ。

盗まれたとはいえ、昨日まで飲食代金が払えず投獄されていたとは思えないほど、何のてらいもなく手から手へと大金を渡している。

いったいこの人たちは何を生業としている人なのだろう。

不思議そうに彼を見るベアトリーチェの視線に気づいたのか、ヴァレリオは気まずい顔でピッポを一喝した。

「何度もしつこい――が、まあ、巾着切りには気をつけろ」

こうしてピッポと別れ、二人は町に出た。

＊　＊　＊

ベアトリーチェは大市《おおいち》の賑《にぎ》わいに驚き、カレンツとのあまりの違いに言葉を失っていた。

香辛料売り、絹地屋、毛織商に魚屋、肉屋、骨董屋《こっとうや》に宝石屋――。

「何か気に入ったか？」

旅籠を出たばかりで、市に目を奪われているベアトリーチェに、ヴァレリオが尋ねた。

「見ているだけでもう……！　ここは素晴らしいところですね！」

陽光降り注ぐトリスタの町で、ヴァレリオと連れ立って歩くと、商人たちが売り込もうと声をかけてくる。

売り台に並んだ品々も素晴らしいが、とりわけ上質のコートとブリーチズを身に着けたヴァレリオは、通り過ぎる女性が振り向くほど輝かしく、囚人の姿とこの美しい装束の、どちらが本当なのだろうと不思議に思う。

「コチニル染めの絹はどうです？　お安くしておきますよ」

「帽子はいかが？　羽根つきの帽子にネットにリネン、なんでも揃《そろ》ってございます」

商人の呼び込みにいちいち立ち止まって品物を見るのは楽しく、かといってヴァレリオが勧めてもやんわりと断って、何も買わずに見ているだけで時間が過ぎていく。

「何も欲しいものはないのか？　目が肥えているから食指が動かないか」

「いいえ、わがままで言っているのではないのです。こんなに自由な気持ちは初めてなの」

「ふうん……、窮屈な暮らしをしてきたんだな――どれ」

彼はまず絹地屋に立ち寄り、ベアトリーチェに何種類かの布をあてがって布を選び、彼女の採寸をさせた。次に毛織商に行き、外套を注文した。

ベアトリーチェはヴァレリオと並んで歩けるだけで十分幸せだったが、彼の品選びを見るのは意外と面白かった。見た目は同じ色、同じような素材でも、彼の選んだ布地のほうが手触りがよく、光沢も品がいい。

中には、ベアトリーチェでさえも、良《よ》し悪《あ》しを見極められないものもあったが、ヴァレリオがこちら、というと、『よくご覧になりましたな』と店主が感心していた。

「どうやって見極めているの？」

考えあぐねて彼女はとうとうヴァレリオに尋ねた。

「特に理屈はないよ。ベアトリーチェに布をあてがってみて、きみの顔色がいちばん明るく見えて、きみがいちばん幸せそうに見えたものを選んだだけだ」

彼と一緒にいれば、いつも自分は幸せそうに見えるはずだと、ベアトリーチェは思う。

「あなたの衣装はピッポさんが選んだのかと思ったけれど」

「あいつの感性は黄色と緑と赤だぞ？」

彼はそう言って憤慨していた。

「仕立て上がりまではトリスタに投宿だ。蜜月を楽しもう」

後で気がついたが、ヤコポが返してきた宝石に合わせて色も選んでいるようだった。

＊　＊　＊

翌日は、部屋でくつろぐようにと言って、ヴァレリオは出かけた。

彼がなんの用事で、どこへ行くのかは知らされていない。

ひとりになり、ふと思い出して、ベアトリーチェは『茜色の写本』をパースから取り出した。

アルマンドから逃れて、穏やかに暮らしている今、この写本を紐解《ひもと》く意味はなんだろうかと考える。紅《あか》く染められた美しい小型写本は、ベアトリーチェの戦いの象徴だった。

衝突を避け、黙って受け入れていた日々から一転して、辞書を捜し求め、監獄に飛び込み、教えを乞い、懸命に文字を綴った。

そうすることが、過酷な運命から抜け出せる唯一の手段のように思えた。

だが、ヴァレリオに攫われてアルマンドから解放された。

それでも尚《なお》、写本を読む意味は？

——お爺様《じいさま》との約束だから。

それだけではない。

祖父の歴史はカレンツの歴史と重なる。

それを紐解いた時、重要な何かが氷解するのかもしれない。

あと、何をどれほど学べば訳せるのだろうか。

ヴァラム語の辞書を求めて共に歩き回ってくれたエルダはどうしているだろうか。

ひとりでいると、そんなことばかり考えてしまう。

自由になれて嬉《うれ》しいのに、カレンツに残してきた人たちのことが心配でたまらない。

「ベアトリーチェ、戻ったよ」

昼前に、彼は一抱えの荷物を携えて帰ってきた。

「きみに贈り物だ。昨日は買えなかったものを手に入れた」

「そんな……どうか、わたくしのために無駄遣いはおやめください」

「無駄遣いなんてことはないさ。きみの喜ぶ顔は何物にも変えがたい」

「でも……」

好きな男性からの贈り物が嬉しくないはずがないが、ヴァレリオに負担をかけているのだとすれば、申し訳ないと思う。

「とにかく見てごらん」

ヴァレリオは大らかな笑顔を見せて荷物を解いた。

ベアトリーチェは、正直に言うと、アルマンドが連日贈ってきた金銀細工や宝石を思い浮かべたが、包みから出てきたのは何冊かの本だった。

カレンツ標準語で書かれた物語もあれば、異国の言葉で綴られた花の図鑑、ヴァラム語が少し挿入されている小冊子もあった。

「古物商を探し歩いて、やっとこれだけ見つけた。書籍商が次に来るのは一ヶ月後だという。学ぶことの好きなきみのことだから、そんなに待てないだろう?」

「嬉しい……。みんなとても美しいわ。でも、わたくしの知っている本とは少し違いますね」

革ではなく紙の表紙を持つ本がほとんどだ。宝飾品のようなきらびやかさはないが、どれも軽くて扱いやすい。

「これは活版印刷本《インキユナブラ》といって、文字の刻印を多数作って組み合わせ、インクを塗って紙に写すというやり方で作られているんだ」

「文字の刻印？」

「ああ……、アルファベット一文字ずつ、印璽《いんじ》のような刻印を多数作るんだ。ひとつの文章にしても同じ文字がいくつも出てくるから大量の刻印が必要だけれど、いったん作ってしまえば複製するのは簡単だ」

異国ではそういった本があるというのは聞いたことがあるが、ベアトリーチェが実際に手にしたのは初めてだった。今までもらったどの贈り物より嬉しいと思った。

「でも、とても貴重なお品でしょう」

「写本は一枚一枚、人の手によって書かれるが、活版印刷本は手書き写本より速く、同じものを複数作ることができるから、写本ほど高価ではない。今はまだ種類は少ないが、これからはこちらの方が主流となるのは間違いない」

ベアトリーチェはその中から一冊を手に取った。

写本のような革の表紙はなく、白いページの中央にタイトルが書かれているだけという簡素な作りで、裏面に木版挿絵が印刷されている。

本文は左右二段組になっていて、欄外に注釈がついている。ところどころ木版挿図が入っているが、彩色は大きな頭文字に赤が入っている。手書き写本に比べると見劣りがするが、必要以上の装飾がなくてもその分求めやすいのは文化的にも歓迎すべきだと思った。

「紙が……なんとなく違いますね？」

「ああ、羊皮紙はどうしても反りが出て、印刷には不向きなんだ。これは東国から伝わった方法で、植物から作られた『漉《す》き紙』という。繊維の多い草や、ボロ布を細かく破砕したものを水に浸して発酵させて使うから材料には事欠かない」

「この後ろのほうに書いてあるのはなんですか？」

「巻末にはコロフォンといい、著作のタイトルや作者名、印刷日付などが印刷され、印刷所を表すマークも押されている。製作した工房の名前もあるだろう？」

「本当ですね。……じゃあ、こちらの本はどういうものですか」

ベアトリーチェは次の本を取り上げた。

ヴァラム語とカレンツ標準語の二通りで書かれた文字列がある。

「祈りの文言に、わずかだが、ヴァラム語の対訳がついている。多少なりとも参考になるかと思って手に入れた」

「まあ、嬉しい」

「特筆すべきはこの表紙だ。ブニーズのニコロ印刷所で作られたもので、マーブル模様の表紙だけは、二つと同じ模様はないという。どうだい？　気に入るといいが」

「とてもきれい……。孔雀《くじやく》の羽のような模様はどうやって作るのでしょう」

「これは、水にインクを浮かべて尖《とが》ったもので模様をつけていくそうだ。ニコロの透かしがここに入っているので、品物は確かだ」

「ニコロの透かし……？」

「ニコロは、印刷本を作る会社としては大きいほうだ。透かしというのは、針金のような金属の枠を使って、紙の一部を薄く仕上げて作り出す模様のことだ。印刷所の紋のようなものを入れていることが多い。気をつければ見えるが目立たない場合は光に透かしてみると――どう？」

ヴァレリオはそう言って、巻末のコロフォンのページを窓から差し込む光に向けた。針金で引いたような線模様が透けて見える。ベアトリーチェは感嘆の声を漏らした。

「見えました、見えましたわ！　王冠の形ですね？　……印刷本を見ることはあまりないので存じませんでした」

「印刷所はそれぞれ独自の印を持っている。花や鍵、虫や動物の形もある。コロフォンに印刷所の名前が書かれていない場合は、こうして透かしを見ればだいたいわかる。これは羊皮紙ではできないことだ。……以上、店主の受け売りだが、そんなに目を輝かせて問われたら、抱きしめたくなってしまうから、俺が聞いておいてよかった」

ヴァレリオが茶化して言ったが、ベアトリーチェはすっかり感服していた。

子どものように質問を繰り返しても、淀みなく答えが返ってくるのが嬉しい。こんな会話は、アルマンド相手には絶対に望めないことだ。この人と一緒にいられる幸せを噛《か》みしめていた時、ヴァレリオも明眸《めいぼう》をこちらに向けていた。

「ほら、その顔だ。宝石のように美しいのは事実だが、本を前にしたきみの笑顔は本当に愛らしくて好きだ」

「わたくしも、なんでも答えてくれるあなたが誇らしいです。書籍商のウバルドさんも顔負けですわ」

と、言ってしまってから、ほかの男性の名前を口にしてはいけなかっただろうかとベアトリーチェは危惧した。褒めたつもりでも、機嫌を損ねてしまうかもしれない。

アルマンドの暴挙から、嫉妬心の恐ろしさを嫌というほど知らされたというのに、無神経なことを言ってしまった。

「あ、……お気を悪くされたならごめんなさい」

不安に包まれながらヴァレリオを見ると、彼は得意げに言った。

「好敵手をひとりやっつけた。あと何人倒せばきみを独占できる?」

高邁《こうまい》な人だから、その自信がそうさせているのだろうか、寛容で温かい。

ベアトリーチェは強く心を打たれてしまい、言葉もなく彼を見つめていた。

ヴァレリオは彼女をそっと抱き寄せた。

「そんな怯えた顔をするな。俺の前ではずっと笑っていていいんだよ」

「ヴァレリオさん……」

「だが、ひとつしくじったことを許してほしい」

「……え？」

「ヴァラム語の語彙目録《レキシコン》は見つけられなかった。ミロンの大市では以前、何冊か見たことがあったんだ。表紙には子牛革が使われ、本文は山羊革の羊皮紙《パーチメント》だった。漉き紙ではないので少々値段が張るが、いつかそのうちに見つけ出すから待っていてくれ」

「ずっと気に留めていてくださったの？」

「もちろん。俺たちが出会ったのはヴァラム語のおかげだから」

「わたくしはあなたから教えてもらうほうが嬉しいです」

「口伝えで？」

ベアトリーチェがその別の意味を考えついた時には、その小さな唇は、ヴァレリオの唇で封じられていた。

目を閉じてそれを受け止め、彼の背中にそっと手を添える。

軽く合わせていた唇をベアトリーチェのほうから求めてみた。

ヴァレリオは少し驚いた様子で、しかし情熱的に唇をむさぼり返した。

ベアトリーチェの体はもう中から溶けてきている。

「待ってくれ、まだ――」

珍しく、彼のほうが慌てて押しとどめた。

彼女の両腕を掴んで、その額にキスをすると、愛おしげに見下ろして言った。

「まだきみに贈るものがある。きみは遠慮していたみたいだから。……本とは違ってありふれているけど、少しくらいは恋人らしいことをさせてほしい」

そして差し出された衣服も嬉しいものばかりだった。

ベアトリーチェはその中の一枚を持ち上げた。

模様入りの緋色のベルベットで、黒い衿のついた長いケープだった。

刺繍を施したベルベットのケープは瀟洒《しょうしゃ》で愛らしい。

「まあ、素敵ですね……」

次の一枚は、飴色《あめいろ》と若草色の松毬柄《ペイズリー》のブロケード地の、スカート部分が前開きになっているガウンだ。

一着、また一着と取り上げていくと、白地の絹サテンに金の刺繍を施した優雅なドレスが現われ、透けるシュミーズや、薄い革の手袋、金のネットなどの小物まで揃っていた。

「きっと似合う。……着てみないか？」

彼に促されて、袖を通すことにした。

肌を曝すのは恥ずかしいが、ヴァレリオが席をはずす気配がないばかりか、着たきりの部屋着を脱がしにかかった。

「ヴァ、ヴァレリオさん……っ？」

結局、ベアトリーチェは全ての衣類を剥《は》がされてしまい、肌寒さと恥ずかしさに震えている。

――でも、ヴァレリオさんが望むことなら、耐えよう。

白い肌を覆い隠すものは、長い金の髪だけだ。

彼によって初花を摘まれ、少女から女へと変わったばかりだが、体つきもどこか変わっただろうか。彼はやさしい目でベアトリーチェの裸身を見つめていた。

「全てを捧げてくれてありがとう」

部屋着を脱がせておいてどうするのかと思ったが、彼には何か考えがあって自制しているようだった。

ベアトリーチェは彼の指示で、透けるほど薄い布のシュミーズを素肌にまとい、その上からブロケード地のガウンを着た。高いウエスト位置で体に沿わせてボディスの前を紐で結わえるが、まるで従者のようにヴァレリオが紐締めを手伝ってくれた。

「きみを攫《さら》ってきたからには、何不自由なく暮らしてほしいと思うんだ」

ヴァレリオはそう言いながら、ベアトリーチェと向き合い、胸を押し上げるように寄せて、ボディスの紐を締めた。

「可愛い胸だ。隠すのがもったいない」

「ヴァレリオさん……」

「よく似合う。宝石は、このドレスには真珠のネックレスがいい」

白い絹サテンに金糸の刺繍を施し、たっぷりと襞《ひだ》をとったドレスは清楚でありながら高貴な雰囲気を醸し出していた。

首まわりに真珠のネックレスをつけ、髪は金のネットでまとめあげると、公式の場に出ても遜色ない美しさだ。それはまるで――。

ベアトリーチェは、微《かす》かな予感に胸をときめかせてしまう。

彼はベアトリーチェに、これも新調したばかりの外套をはおらせると、彼女の手を取った。

「さあ、行こう。教会の鐘の音のもうひとつの意味を、きみに教えてあげる」

＊　＊　＊

その午後、トリスタの町の中心にある聖キアラ教会が祝福の鐘を鳴らした。

初めてこの町で朝を迎えた時、ベアトリーチェを怯えさせた鐘だが、今は幸福を象徴する輝かしい音色を響かせている。

カレンツから着てきた服を全て脱ぎ捨て、彼の用意した新しいドレスに着替えさせたのは、結婚の儀を執り行うためだった。光沢も美しい白絹に、襞飾りをたっぷりとあしらったドレスをまとった『カレンツの宝石』は、今は真珠と呼ぶほうが似つかわしい。

ピッポ不在のため、ヴァレリオが居酒屋の客に声をかけて立会人になってもらえないかというと、証人は二人で十分だったのだが、十人あまりもついてきた。式の最後に、ヴァレリオが新しい指輪をベアトリーチェの薬指にはめてくれた時、彼女の目から涙があふれた。

「この鐘の音を覚えておくといい。幸せを祝福する音だ」

彼はそう言って、誓いのキスをした。

彼は、衣服と食べ物を与えるだけでなく、心の平安まで与えようとしてくれる。

旅籠の居酒屋はにわか仕立ての宴席となり、教会での式の後は披露宴となった。

「今日はヴァレリオさんとベアトリーチェさんの結婚祝いです。新郎がお客さん方に祝い酒を振る舞ってくださったぞ」

旅籠の亭主が景気をつけると、会場の客たちから拍手が起こった。

長いテーブルを部屋の端に寄せ、居合わせた客が音楽に合わせて踊り歌う。

名前も知らない人が、口ぐちに祝福をしてくれることが、ベアトリーチェにとって珍しくも嬉しいことだった。

「本当は後見人だった神父に会ってからにしようと思っていたが、それだと何日もかかってしまう。今は一日も早くきみと有形無形の絆を作りたいと思ったんだ」

ヴァレリオと一緒にいられるだけでも幸せだと思っていたが、正式な妻になれたのだと思うとやはり嬉しさはひとしおだ。

彼はベアトリーチェに向かって礼儀正しく一礼し、ダンスを誘った。新妻のほうも微笑《ほほえ》んで、優雅に手を差し伸べた。

ヴァレリオの手が彼女の腰に回され、そっと体を引き寄せる。

この日は深夜まで祝福の宴が続いた。

＊　＊　＊

「愛してる、ベアトリーチェ」

その夜、いつにもましてたっぷりと時間をかけ、ベアトリーチェの心と体はゆっくりと開かれた。アルマンドにより傷つきやすく怯えやすくなってしまった彼女の心を癒すように、彼女の官能の潮が満ちるまで、劣情をこらえてくれたようだ。

「ヴァレリオさん……」

もっと激しくしてくれていいのに、と思うほどやさしく、彼の指がベアトリーチェの肢体をくすぐり、柔らかく撫で、口づけを繰り返す。

舌で彼女の唇をそっと開かせ、彼女の舌に触れた。

丹念に彼女の舌を味わうと、次は耳たぶを食む。

甘噛みのやさしい痛みと悩ましい囁きにうっとりと身を任せる。

指輪をはめた左手の薬指にも、彼はキスをして、指の間に舌を這《は》わせる。

ぞくぞくとして、身悶《みもだ》えするほどの快感が次々ともたらされ、ベアトリーチェは法悦の中に身を委ねてすすり泣いた。

「ベアトリーチェ……愛している」

誓いの言葉のように、何度も彼は繰り返した。

わたくしも、と彼女も応える。

下肢の間にとろとろと官能の蜜が溢《あふ》れてくる。とうに準備はできていて、彼が来てくれるのを待つように、花芯がひくひくと収縮している。

「ヴァレリオさん……あ、あ、ん」

下腹部が波打ち、もう待てないほど動いてしまう。

「お願い……、ヴァレリオさん」

「もういいのか？」

「ええ——」

「俺のも、ほら、こんなになってる」

ヴァレリオが上半身を浮かせた。もう灼熱《しゃくねつ》が硬く太くなってそそりたっていた。

彼は新妻を自分の下肢に跨らせようと試みる。

向い合せになり、ヴァレリオの膝にぺたりと腰をおろし、足を広げる。

彼の恥骨に触れるほどの肉棒を、いまはまだ挿入せず、ベアトリーチェの花芯にあてがい、ゆるゆると擦り合わせてみると、快感のさざ波が一気に押し寄せた。

「あっ、ぁ、……す、……素敵……」

ヴァレリオの剛直の先端のくびれが、ぬるぬると心地よく蜜壺《つぼ》を刺激する。

濡れ襞がうねるように彼に絡みつき、内へ迎え入れたくてたまらなくなる。

「ああん、ヴァレリオ……さ――ん」

「もう入りたい。きみの中に」

「ええ……来て」

「乗ってごらん」

「わたくしが……ですか?」

「そう。今日はなんでもきみの言うとおりに。俺が支配される側だ」

「どうすればいいの……ですか?」

ベアトリーチェがそう問うと、彼はくすりと笑った。

「難しくなんかない。ここに膝をついて──そう、ゆっくり腰を落とすんだ」

「あ……っ、とても硬いです……！」

「焦らなくても大丈夫だから」

ヴァレリオのやさしい声を聞きながら、彼女は少し臆して止まっていた。

彼の手が腰に回り、やさしく支えてくれる。もう一方の手はベアトリーチェの蜜洞を二本の指で少し開いて、自分の灼熱の先端をそこに定めた。

「……う、ん、……ぁ……挿入《はい》って……くる」

「感じが違うだろう？」

ヴァレリオが下から迎え入れるようにして、新妻を導いてくれる。彼女が少しずつ腰を落としていくと、窮屈そうに彼の雄竿が呑みこまれていく。

「ひぁ……あ、……どんどん中に刺さってしまいます……苦しい……ぁ」

「まだ慣れない？　いつまでも無垢《むく》な体だな」

吐息混じりの声が切なく囁《ささや》く。いつもより深く入ってくる気がして、恐々動いているので、太腿《ふともも》がぶるぶる震えてしまう。

「まるで小鹿みたいだ」

ほら、と言って、ヴァレリオが腰をいちど波打たせた。

「ああっ」

強烈な一撃に見舞われ、ベアトリーチェは思わず悲鳴を上げたが、ぎっちりと最奥まで塞がれた蜜道はせわしなくうねって歓喜していた。

「ほら、最後まで入った」

「ええ――、いっぱいになっています」

「そう、次は馬に乗るように腰を動かしたらいい」

夫の指南により、少しずつ大胆なポーズに慣れていき、二度、三度と足を締めてみると、ベアトリーチェの中で、彼もそれに応えているような気がする。

「あ、……そんな……また大きく……」

「きみが扇情的だからだ……こらえているんだけどな。もっと動いていいよ」

ベアトリーチェはこれ以上の激しさは無理だと思ったが、彼に揺さぶられて落ちないように、華奢《きやしや》な腕を彼の後ろで交差させ、彼にしがみついてその黒い髪にキスをした。

ヴァレリオの顔に彼女の柔らかな乳房が当たっている。

彼は舌先で小さな乳頭に触れ、そして唇で挟んで弄んだ。

「あ、くぅ……！」

ヴァレリオの太腿の上でベアトリーチェの体が跳ねた。わずかな動きでも、彼の下腹部に敏感な花粒が擦れ、それが全身に雷光のような快感をもたらす。

「あっ、だ、め……っ。そんなに動いちゃ……ぁあん」

「きみが愛しいからだ。俺を惹きつけ、煽り、夢中にさせる」

彼の手が、細い腰を掴むように固定し、下から突き上げる。ひっ、と息を呑み、衝撃をこらえると、蜜襞がぎゅうぎゅうとうねり、彼を締め付ける。

「ベアトリーチェ……素敵だよ」

彼の時々仕掛ける悪戯に、ずり落ちそうになり、彼の首筋に両手をかけてしがみついた。

ヴァレリオのたくましい背を抱きしめ、官能の吐息を漏らして、ベアトリーチェは白磁の肌を染め上げていく。

体の中心を貫く剛直の存在にようやくなじんだ頃、彼女の膝をヴァレリオの大きな手が掴んで引き寄せた。交合がさらに深まり、息の止まるような快感に溺れ込む。

「ひ……っ、や、あ……ぁっ」

彼の手の導くままに、ベアトリーチェは足を夫の腰に巻きつけた。自分の中で肉棒がさらに硬く大きくなる。苦しいのに悦楽の波に呑み込まれ、我知らず、彼の体を締めつけていた。

「ベアトリーチェ、今日のきみは……まるで戦乙女《いくさおとめ》だ」

「ヴァレリオさん……、ああ、わたくし……もうだめですの」

ベアトリーチェは乳房をぷるりと揺らして背中を反り返し、内腿《うちもも》を引き締めた。

うっ、と低く呻《うめ》き、ヴァレリオの体も一瞬強張《こわば》った。

熱い肌を激しく擂り合わせ、二人一緒に快感の高みに登った。

＊　＊　＊

鐘の音が聞こえる。

だが、もう怖くはなかった。

ベアトリーチェは、夫の腕の中で目覚めたが、昨夜のめくるめく愛の交合の余韻に浸って、そのまましばらくうとうととしていた。

ヴァレリオを失いそうになり、どんな形でもいい、彼の傍にいたいと思っていたが、教会で結婚の儀を執り行ってくれたことが思いのほか嬉しかった。

左手の指輪を見て、また幸せを噛みしめる。

買い物の時や、旅籠でほかの客に会った時に、これからは『奥様』と呼ばれるのだと思うと、少し気恥ずかしい。


ヴァレリオを起こさないようにして、そっとベッドから抜け出した。

そろそろピッポがカレンツから戻ってくる頃合いだと思うと、突然の帰還に備えておかなくてはいけない。

身仕舞いを整えた後、窓辺に立って垂れ幕をそっとめくり、少しだけ光を取り入れる。朝の町のにぎわいを聞いていたら、希望が湧いてきた。

鐘が鳴るたびに心を痛めなくてもいいのだ。

慣れない土地でも、テラスから絞首刑を見る日常よりは穏やかなはず。

ただ、ここで、これからの日々をどう過ごすのか、よくわからない。

貴族と結婚したのなら、召使いに朝の支度を命じるなど、やるべきことも思いつくが、ヴァレリオは定まった邸《やしき》に暮らすということもないようだ。

それを思うと、かすかに戸惑いを覚えるが、蜜月の何か月かは、こんなふうにのんびりと過ごすのも悪くない。

部屋着のまま連れ去られるようにしてヴァレリオの妻になったが、祖父の写本だけはパースに入れて持ってきた。

旅籠に来てからは、行李の奥底に仕舞い込んだまま一度も開いていない。

ヴァレリオがくれた『聖なる書』は書き物机の上に置いてあった。彼はヴァラム語の語彙目録を見つけられなかった代わりに、この書物を贈ってくれたのだ。

マーブル模様の表紙の冊子を開くと、通常使われる祈りの文言がカレンツ標準語とヴァラム語で併記されている。

ここからいくつかの言葉を抽出すればヴァラム語の単語が拾える。

時間を見つけて作業しようと思いながらも、ヴァレリオとの甘い生活が愛おしい。

新しい暮らしに慣れてからゆっくりと解いていこうと思うのは、怠惰だろうか。

祖父が生きていたら、今すぐに、一刻も早く読み解けと言うだろうか。

結局ベアトリーチェは、彼が自分で起きてくるまで待とうと決めて、ベッドの傍に椅子を寄せて座った。

椅子は木製の背もたれつきで、そこそこの重さがあった。自分で運ぶなどという経験は初めてのことで、いつも手助けしてくれていたエルダはどうしているかしら、と思った。

階下の人通りが多くなってきたが、ヴァレリオはまだ起きない。

——この人と夫婦として暮らしていくのね。

そんなことを考えていた時、ヴァレリオが寝返りをうち、毛布がめくれてその肩が剥《む》き出《だ》しになった。

——毛布をかけたら起きるかしら。

腰を上げて毛布の端を手にした時、彼の背中にいくつかのひっかき傷が見えた。

色はまだ生々しい、新しいものだ。

どうして傷ついたのか、ベアトリーチェはすぐに思い当たった。

——わたくしったら……夢中でしがみついてしまったから……。

申し訳ないことをしてしまったと思うと同時に、その様子がありありと目に浮かんで気恥ずかしい。

急いで毛布をかぶせてしまおうと思った時、左の肩甲骨の下に古い傷のようなものを見た。

——何かしら？

昔、怪我《けが》をした痕なのだろうと思うと、見てはいけない気がしたが、ベアトリーチェの目がそれに釘付けになってしまった。

火傷《やけど》のように、少し盛り上がった輪郭をもつそれは、翼の形をしていた。

——この形、どこかで見たことがある。

ところどころ途切れているが、翼に重ねるように二つの文字もある。

ひどく曖昧だが、初めて見たものではないと思った。

——どこで見たのかしら。お爺様の写本？　でも、どのページだったかしら。

こんな形が書かれていたらもっとはっきりと覚えているはずなのだが、ぼんやりとした記憶でしかない。

確かめなくちゃ。行李の奥から写本を取り出して。

「……驚いたか？」

ヴァレリオが背を向けたまま、そう言ったので、びっくりしたベアトリーチェの手から、毛布が滑り落ちた。

「お、起きていたんですか？」

「きみが逃げるんじゃないかと思って、様子を窺《うかが》っていた」

体を捩《よじ》って起き上がると、突然彼はベアトリーチェの手首を掴んで引き寄せた。

「あっ」

ベアトリーチェが均衡を失い、ヴァレリオに重なるようにベッドに倒れ込んだ。次の瞬間、彼が体勢を逆転して彼女を組み敷く。

「あ……、違います！　逃げたりなんかしません」

ひとりで町に出たこともない自分がどこへ逃げるというのだろう。

「なら、なぜ黙って見ていた？」

「あなたの背中を？　はじめはわたくしがつけてしまった傷を見ていたの」

「きみが？　──ああ、昨日、激しかったからな」

「ごめんなさい！　こんなふうになるまで……！」

「いいさ。それだけきつかったんだろう？」

初めて男性を受け入れた時は、涙がこぼれるほどの痛みと衝撃があったが、昨夜は快感の激しさに正体を失いそうになってしまったのだ。それを思い出すと、彼の目をまともに見られないほど恥ずかしい。

「それで、旅籠《はたご》のご主人に塗り薬をお願いしようかと思ったのですけど、この傷を見せるのはちょっと──」

「いいじゃないか。見せつけてやろう」

「やめてください！」

真っ赤になって慌てるベアトリーチェの反応を楽しむように、彼は笑って見下ろしている。こちらは服を着ているが、彼はまだ裸のままだ。体を重ねた相手なのに、朝の光の中で見る裸身はまぶしくて、目のやり場に困る。

「薬なんかいらないさ。じきに治る」

そして彼は、次の言葉を待つように見つめている。

「あのう——その下の傷は、火傷の痕ですか？」

「焼き鏝《ごて》のようだな。自分では鏡越しでしか見えないが、司祭が言うには——」

「ヴァラム文字ですよね？　カレンツ標準語のアルファベットに置き換えると『N・D』と書いてあるのではないですか？」

「もうそこまで覚えたのか？」

昨日、写本の文字をカレンツ標準語のアルファベットに書き換える作業をしていたので、完璧ではないがある程度は読める。

「でも、Nの上に何かついています……見たことのない記号です」

「まあ、そうだろうな。それは『我らの』という意味の縮約形だ」

「縮約形？」

「聖なる書でも時々見られる、筆写を簡略化するために、頻繁に出てくる長い綴《つづ》りを縮めて表す表記法なんだ」

「物知りなのですね。……じゃあ、あのう、『プレカリア』という言葉をご存知《ぞんじ》ですか？」

件《くだん》の写本の表題である。祖父が残したところから、『遺言書』のような意味ではないかとベアトリーチェは予想しているが、ヴァレリオの答えは違った。

「それは『懇願文書』という意味だ」

「懇願……文書、ですか」

「教会や修道院で使われる文書に多いな。寄進をする時には、『授与文書《プラエスタリア》』という言葉が使われる。教会にとってありがたいのは後者のほうだ」

唐突な質問にも、淀みなく答えてくれるところが頼もしい。

「ヴァレリオさんは、その印の意味を知るためにヴァラムに行ったんですね」

「ああ……。文字だけではわからないと思って、何年か暮らしてみたが、なんの手がかりもなかった。いや、あるにはあったんだが……」

ヴァレリオが遠くを見るような目をして、口ごもった。憂いを帯びた表情に見えるのは、みつかった手がかりというのが好ましくないものだったからだろうか。

それにしても、なぜこんな印をつけられているのだろう。

人の体に焼き鏝を当てるなんて、想像しただけでも痛々しい。

「焼き鏝を当てられたのは生まれてすぐだったようだ。むろん俺には全くその記憶がないし、赤子の時に既についていたというから、昔の奴隷や、牛や豚のように、どこかから買われてきたということだろう」

——なんてひどい。

そう思ったが、ベアトリーチェは口には出さなかった。言えば、彼が家畜のような扱いを受けていたのかもしれないと認めることになるからだ。

彼がそれを気にしていると思うから、絶対にそれは言いたくない。

生まれがどうでも、ベアトリーチェはヴァレリオが好きだ。

言葉遣いや外見と違って——何しろ、監獄で出会ったから——その中身は碩学《せきがく》で冷静、どこか飄々として時に老成した感さえある。こんな穏やかな一面と、毎夜見せる情熱的な一面を併せ持つ彼に惹《ひ》かれてやまない。

「でも、もしかしたら、これはわたくししか知らない印ですのね？」

「えっ？」

「あ、ピッポさんや乳母様、司祭様は別ですよ？」

身近な男性は仕方ないとしても、これを見た女が自分だけなら、もしそうなら嬉しい。

そんな期待をこめて、ヴァレリオを見つめていたが、彼は戸惑うような顔で見下ろすばかりだ。そうだと言ってくれないのはなぜだろう。

あちらこちらを旅して、旅先ごとに彼の秘密を持っている女性がいるから？

「……違いますの？」

「残念ながら、別の女性だったなあ」

ベアトリーチェは泣きそうになった。アルマンドのように親しく口を利いただけで嫉妬するということはないし、ヴァレリオにもそういう懸念はしないでと思うものの、彼の裸を見た女性が別にいると思うと切ない。

──訊《き》かなければよかった……。

ヴァレリオは落胆にうちひしがれたベアトリーチェの顔を楽しそうに見つめている。

「きみは、面白いな！」

そして、彼はベアトリーチェにキスをした。

「子どもの頃、知り合いのお婆さんに見られたのさ」

「本当ですか？」

「本当だ。それ以来、人目に曝《さら》したことはないな。……きみは何を想像したんだ？」

「さ、さあ……よくわかりません」

慌ててごまかしたが、我ながらそらぞらしく、顔を伏せて彼の視線から逃れようとしたが、顎を掴まれて上に向けられた。

ヴァレリオの顔がかぶさり、ゆっくりと口づける。

彼は、朝の挨拶代わりの軽いのを唇にひとつ、それから耳たぶや額や顎やまぶたに、キスをたくさん降らせて、ベアトリーチェが『もうやめてください』と懇願するまで続けた。

「きみといると、俺は一生退屈しないな、きっと」

——一生……。

その言葉が嬉しくて、心の中で何度も繰り返した。

一生、苦楽を共にするのだと、教会で交わした結婚の誓いを思い出して、胸が熱くなった。


「……は……ぁあ、待って」

せっかく着たドレスなのにすぐに脱がされてしまい、乱れたベッドの上で体を重ねている。

「だめ、……今日はきっと、ピッポさんが——」

「は？　閨《ねや》でその名を出すな。萎《な》える」

「でも、カレンツから戻ってくる頃だと思うの」

「待たせておけばいい」

そう言い捨てた声には既に悩ましさが伴い、彼が老成した識者から若者へと変化した瞬間だとわかる。唇が痛くなるほど激しくむさぼられ、乳房をもみしだかれているうちに、ピッポやカレンツのことは頭の脇におしやられてしまう。

「あ……んん、……だ、め……っ」

「俺の秘密を見た罰だ。きみの秘密は――ここか」

言うが早いか、彼はベアトリーチェの膝裏に手のひらを当てて両足を持ち上げた
「きゃっ、いやっ、そんな格好、いやです――っ」

「秘密には秘密で償うんだ」

彼は容赦なく秘所を広げて、自分の顔の前に曝した。

はしたなく開いて剥き出しになった蜜壺を、彼の黒い眼差《まなざ》しが見つめている。

「や、…………やあっ」

必死で足を閉じようとしても叶わず、いたたまれない思いに両手で顔を塞いだ。

「こんなところまで綺麗なんだな。少し腫れているみたいだが、大丈夫か？」

「大丈夫じゃありません。見ないで！　意地悪ですっ、ひどい――！」

「待て、すぐに気持ちよくなるから」

「なりませんっ、恥ずかしくて死にそう――ぁあっ」

ぬるりとしたものが花芯に触れた。

――え……、何、これ？

すっと刷毛《はけ》を滑らせるように、隘路《あいろ》を何かが動いている。

柔らかな内腿に、時折熱い息がかかる。

ベアトリーチェの蜜洞に触れているのは彼の舌だ。

「や……っ、あ、あ……っ」

拒絶の声も途切れるほどの官能に、彼女の体が小刻みに震える。

ぬるぬると花びらを舐められると、腰が疼《うず》いて淫らな動きをしてしまう。

さらに奥へと侵入されると、背筋が強張って体が跳ねてしまう。

屈辱的な姿を見られているのに、肉襞は歓喜するようにうねり、真珠のような雫が溢れてくるのがわかる。ヴァレリオの舌がそれを掬《すく》い、口を吸うように唇全体を蜜壺にかぶせてねっとりと味わっている間、ベアトリーチェは何度も心地よい衝撃に見舞われて悲鳴を上げた。

「あ……ッ、い、やあ……や……っ」

恥ずかしさと惨めさ、そして抗えない快感に震え、涙が止まらない。

「ひ、……ああん」

彼の舌が肉襞をも舐めつくした時、血がたぎるほどの強い愉悦の波が押し寄せてきた。

「あ、ぁあああぁ――っ」

どくん、と体が反り、一瞬息が止まる。

それから、熱病にかかったように体がびくびくと動いた。

「激しいきみも、すごくいい」

ヴァレリオがようやくそこから顔を離して言った。

ベアトリーチェはぐったりとベッドに四肢を投げ出した。

――秘密の焼印を見た代償だからって……ひどい。

「まだピクピク動いている。どれ」

ヴァレリオは彼女を跨《また》いで膝立ちになり、そそり立った肉棒に手を添えた。

「そら、こいつももう辛抱できないと言っている」

既にたっぷりと蜜を宿している柔襞に鈴口をあてがい、昨夜よりは性急に腰を入れようとしたが、ベアトリーチェが慌てて訴えた。

「だめ……同じことをしたら、また、引っ掻《か》いてしまいます。あなたの背中を」

気を遣って朦朧《もうろう》としていても、ヴァレリオを傷つけるのが心配なのだ。

彼はふと動きを止めた。

「一度はいいが、二度かきむしられると辛そうだ」

わかってくれたと思ったのは勘違いで、彼はベアトリーチェの体をくるりと転がしてうつ伏せにした。

「これなら引っ掻かれることはないだろう?」

「あ、……えっ?」

ヴァレリオがどうしようとしているのか理解できないまま、彼女は犬のように伏せる格好になった。

「きみの背中は傷ひとつない、きれいな肌なんだな。美しいよ」

「あ……、いっ」

四つ這いにさせられ、背後から体を重ねられると、尻のあたりに熱い剛直が当たった。首筋には彼の息がかかり、背中と彼の胸が合わさって鼓動を感じる。

彼自身の手を添えられ、灼熱が蜜洞にたどり着いた。

「あ、ぁ、…………ぁああん」

後ろからゆっくりと貫かれて彼女は悲鳴を上げた。

「もっと腰を上げて」

そう命じられ、崩れそうになる膝を懸命に踏ん張り、両手でベッドの上掛けを握りしめた。

背後から両手を回したヴァレリオに、下腹部をぐっと引き寄せられる。

彼の楔《くさび》が奥深くに突き入ってきた。

「ああ……！」

ずぶずぶと埋め込まれていく肉棒を体の奥で感じる。

彼がそれを引き戻す時、かり首が蜜襞をえぐり、鋭い快感をもたらした。

「ひゃぁん……！」

「くっ、中で溶けそうだ」

「やっ、あ、ああっ」

「そんなに締めつけないでくれ、こらえきれなくなる」

「締めつけ、て、ないもの――あ、あっ」

ズブ、ヌチュッと卑猥な音を立てて彼が抽挿する。

ヴァレリオの体から汗が飛び散り、イリスの香りがほのかに漂う。

ベアトリーチェの金の髪が散り広がって激しく乱れた。

動きが次第に速くなって、ベッドと壁が微《かす》かに当たってガタガタと音を立てている。

「あ、あ、……だめ、溶けてしまいます」

稲妻が走るような強い刺激に、体が硬直した。

彼女の下腹を抱えた、ヴァレリオの腕にも力が籠る。

体の奥に熱い飛沫《しぶき》が広がるのを感じる。

ベアトリーチェは雌豹のように体をしならせ、次の瞬間がくりと力尽きた。

頭の奥が痺《しび》れて、体はふわふわと漂っているよう。

深い結合と官能に、ベアトリーチェは酔いしれた。

第六章

その日の夕刻、ヴァレリオが別棟に入浴をしにいき、ベアトリーチェは少し遅れていくと言って、客室に残って写本を開いていた。ヴァラム語をきっかけに出会った二人だが、結婚してからは片時も離れずに過ごしていて、ひとりになる時間は全くといっていいほどなかった。

——お爺様《じいさま》、放っておいたままで、ごめんなさい。

カレンツを出てからの数日が、あまりにも目まぐるしかったため、失くさず、人目に触れさせず保っているのがせいいっぱいだった。

しかし、夫婦となり、信頼しあっているのだから、この写本をヴァレリオに見せてもいいのかもしれない。

彼ならきっと読み解けるはずだ。

そう思うものの、顔を合わせれば抱擁し、口づけをし、交合まではいかないとしても常に睦みあっているので、なかなか言い出しにくい。

入浴も一緒にしようと言われたが、恥ずかしいからと遠慮し、やっとひとりの時間を作ったのだが、文法表をもらったきり、全く進んでいない。

自分が今幸せだからといって、祖父の遺志を忘れていいはずはない。

茜色《あかねいろ》の写本を取り出して、読めないながらも眺めてみた。

彼女の手のひらに載る大きさで、全紙を三回折りたたんだオクターヴォという判型よりさらに小さい。総じて羊皮紙《パーチメント》というが、カレンツでは山羊皮がよく使われている。

ベアトリーチェは、巻末を開いてコロフォンという、写本の制作者や作られた場所、日付などの書かれるスペースを確認した。

ヴァラム文字なので詳しくはわからないが、著者名にジャコモ・マルファンテの名があることは既に突き止めた。改めて見ても、刻印のような挿図は見つからなかった。

ヴァレリオの背中の痕を見た時、なぜか写本で見たような気がしたのに――。

全てのページを確認したが、大枠のイニシャル模様があるだけだ。

コロフォンの後ろにはほぼ無地のページが一枚ついている。

ほぼ無地の、というのは、紙の右下に『エクスプリキット』と金のヴァラム文字で書かれていたからだ。

それは、『ここで終わる』という意味で、普通、写本の章末には『エクスプリキット』、章頭には『インキピット《ここに始まる》』と書かれるから、形式的な表記であって深い意味はないだろうが、文章のないページに結句だけあるのは奇妙な感じがする。

ベアトリーチェはヴァレリオから贈られた『聖なる書』を開き、いくつかの単語を書き出した。ヴァラム語の辞書がどうしても見つからなかったと彼は申し訳なさそうに言い、ヴァラム語対訳の載った印刷本をくれたのだ。

『聖なる書』には、日曜日ごとに教会で唱える文言なので、親しみもあるし、意味もよくわかっている。

それと同じ言葉が祖父の『茜色《ロッビア》』写本にあるかどうかを確かめていくと、祖父が弁護士を通じて発表した遺言書と同じ出だしだということがわかった。

この小さな前進に、彼女は少なからず興奮した。

序文だけだが、虫食いの本のように、ところどころ意味がわかるようになった。

『

（ここに始まる）

最も神聖にして至福の父なる司教ニコロ…………に

私、ジャコモ・マルファンテより……申し上げる

聖なるペルペトゥスの名においてかくあらしめたまえ

一四九〇年三月二十日、ロマーニの……において死亡したフランチェスコ・ロマーニ総督の……クレメンス・V・ロマーニの……について。当時、……だったクレメンスはフランチェスコの唯一の……である。同年……、火の……貯水池から水路を……され、……までの生存がカッシーニ……オズヴァルド……より……されている。彼が成年になった時、身体、精神、知性、人徳においてカレンツの……の旗印となる……を持つことが認められた場合、私は彼に……としてクレメンスに……オーロを、……に……オーロを支払う。これによりコンスタンティーニによる……が終焉を迎えることを切望する。

クレメンスを……するには、彼の左の……を確認されたし。…………を参照のこと。『N・D』は『われらの……』の頭文字である。

三百万オーロは……となっている聖ペルペトュス……の……に……されている。……は『クレメンスの魂ここに眠る一四九〇』

出だしだけは祖父の遺言と同じだったが、内容は全く違っていた。

弁護士の発表した遺言書は、個人の資産の相続と、ベアトリーチェの結婚について干渉した内容が書かれていたが、こちらの写本は、一四九〇という年号らしい数字が見られ、それは二十年前の、エミリオの乱が勃発した年だ。ロマーニがクーデターにより失脚した事件について書かれているのだろう。

この一区切りの後も、十ページ以上、文章が書かれているのだ。

こんな内容を把握したとしても、自分ひとりに何ができるだろう。これは、ヴァレリオに相談すべきだ、と考えが固まってきた時、ドアが控え目に叩かれた。

「こちらにベアトリーチェ様はいらっしゃいますかね？」

ベアトリーチェが慌てて写本を閉じて応対すると、それはヴァレリオではなく、旅籠の女房だった。

「はい、わたくしですが」

「実は、外に女の人が、あなた様を訪ねてきたのですが、何か事情がありそうで、ひどく周りの様子を気にしていて怪しげですし……、いないと言っておきましょうか」

「女の人……？　いくつぐらいの方ですか？」

「年はそうですねえ、ぱっと見た感じでは四十に届くか届かないか……もっと若いかもしれませんね」

「わたくしには、まだこの町に知り合いはそんなにいませんので……どなたか見当もつきません。名前を訊いていただいてもいいでしょうか」

「名前は、はっきりとは聞き取れなかったのでございますが、エル……、エレ……？　ああ、すみません、もう一度訊いて参ります」

ベアトリーチェはぱっと目を見開いた。

「……待って、もしかしたら、エルダですか？」

「ああ、そう、そんな名前でした」

「丸顔の小柄な女性でしたか？」

「はい、そうです。旦那様が戻られてからお会いになったほうがよろしゅうございますね。渡り廊下のアーチの下で待っておりますから、少し待つようにと申してまいります」

「はい。あの……その人は、どんな身なりをしていました？」

「身なりは、外套《がいとう》を着ていたのでよくわかりませんが、その外套からして裕福そうではありませんでした。丸顔ですが、ひどく憔悴《しょうすい》した表情で、口数も少なかったので、名前もしっかりと聞き取れず、申し訳ございませんでした」

「いいえ、知らせてくださってありがとうございました。それは間違いなく、わたくしの乳母だと思います」

そして旅籠の女房が去った後、ベアトリーチェはヴァレリオを待ったが、五分と経《た》たないうちに、居ても立ってもいられなくなった。

あのお喋りでしっかり者のエルダが、憔悴して口数も少ないとはどういうことだろうか。

どうやってカレンツからここまで来たのだろうか。

ずっと付き添って守っていたのに、ベアトリーチェが失踪して、今までどおり快活な乳母でいるはずもないが、マルファンテ家には相当いづらい状況だったに違いない。

――気に入らないことがあろうとおまえに危害は及ばぬだろう。――おまえの大事にする者どもを見せしめに処刑することはあろうが……。

父の言葉がふと蘇り、息が止まりそうになった。

愛する人の妻になり、幸せに過ごしていた自分の陰で、カレンツの人々がどうしているかをすっかり忘れてしまっていた。

絞首刑は免れて命はあったとしても、随分酷い目に遭うかもしれないと、どうして今まで考えなかったのだろう。マルファンテ家の人間にまで手を出すことはないと思い込もうとしていたのかもしれない。

ベアトリーチェは、立ち上がり、廊下に出た。ヴァレリオが今にも戻って来るのではないかと思ったが、その日はいつもより長風呂をしているようで、一秒が数分のように長く感じた。

「エルダ？」

結局我慢できずにひとりでアーチ形開廊の下まで来てしまった。

ヴァレリオとベアトリーチェが投宿していた、静かで落ち着いた客室は、表通りからこのアーチで繋《つな》がった離れにあった。

表玄関を通らずに階段を下りるとすぐにそれとわかる人影が見つかった。頭巾を深く被った女が馬車止めの石に腰を掛けていたが、顔はよく見えない。

完全に日は落ちて、小さな街灯の頼りない光しかないが、その人のシルエットはエルダによく似ている。

「エルダなの？　わたくし、ベアトリーチェよ。ごめんなさい、急にいなくなったりして」

「お嬢様――」

押し殺したような声が返ってきた。

「エルダ、どうしていた？　お父様はあなたを罰したの？　それとも――」

お嬢様という呼び声に確信を得て、ベアトリーチェが駆け寄ると、女がのそりと立ち上がった。

「お捜ししましたよ、ベアトリーチェお嬢様」

声の主の頭巾が垂れて、その顔がはっきりと見えた。

ベアトリーチェは、はっとして立ち止まった。

――この人は……！

エルダじゃない。

背格好は似ているが、顔は全く似たところがない、エルダとは別人だった。

人懐こい丸い目ではなく、表情のない細い目がこちらを見ている。

ぞっとして、ベアトリーチェは後じさった。

旅籠の女房の言うとおり、ヴァレリオを待つべきだった。

せめて、彼女についてきてもらえばよかった。

置手紙でもしてくれればよかった。

さまざまな後悔が頭を過ったが、全ては遅かった。

＊　＊　＊

「兄貴、結婚したんだって？　居酒屋で盛り上がってた」

風呂から上がって妻の待つ部屋に戻るつもりのヴァレリオだったが、カレンツ帰りのピッポに捉まった。この日のピッポは頭巾つき外套に頭陀袋を肩から提げ、巡礼者の杖を持っていた。

「ああ。男として、ちゃんとしないとな」

「それはいい考えだと思うよ。ところで兄貴に話があるんだが、奥さんのいないところで」

「居酒屋か？　その格好で？」

いつもはどぎつい色の道化服を着ているのに、今は修道服姿だ。カレンツでひと暴れしたので、変装をしているのだろう。

「それに一風呂浴びてからのほうがいいんじゃないのか？」

埃まみれの姿に眉をひそめ、ヴァレリオが勧めたが、相手は気にしないようだ。

「大事な話をしてからゆっくりと浸かりたいんで。ひとまずおいらの部屋に来てもらっていいかい」

ヴァレリオは頷《うなず》いた。

本当は、一刻も早くベアトリーチェの元に戻りたいが、カレンツの様子を探ってきた労には報いねばなるまい。大部屋にいると言っていたのに、ピッポについていくと、意外にも一人部屋を取っていた。

「で、あちらはどうだった?」

「まあ、いたって平和で肩透かし食らったぜ……お嬢さんは転地療養ってことになってた」

「なんだって?」

「熱の出る病に罹《かか》ったため、何でも爺さんから相続したビチェリーノの邸で静養していると。アルマンドとの婚約はそのまま継続中だ」

「やつを騙《だま》しとおすというわけか。俺が連れ出したのを誰も見ていなかったのか?」

「混乱してたからねえ。見たやつがいたとしても絶対そうとは言いきれないだろうし。今、マルファンテ家が血相変えてお嬢さんを探しているが、見当違いなビチェリーノ周辺を当たっている。そう遠くまで行くとは思ってねえんだ」

「ビチェリーノ?」

「ここ、トリスタにいるなんて知るはずもねえし」

ベアトリーチェが案じていた女はどうしただろうか、とヴァレリオは思ったが、ピッポの報告を聞くのが先だ。

「お嬢さんの実家のほうでは、娘を静養させたことにして、何事もなかったようにアルマンドと結婚させるつもりだ。今のうちに見つければ秘密裏に処理できると——実際その通りだろうが。お嬢さんは生娘のふりしなくちゃならねえのかな」

「よせ、ピッポ」

ベアトリーチェについて冷やかしたような口ぶりを咎《とが》めると、ピッポは肩をすくめた。

「つまり、兄貴は別れる気はないんだよな？」

「もちろん。もう正式な夫婦だし、まもなく二人でここを発《た》つつもりだ」

「おや？　……おやおや？　逃げるのかい、兄貴！」

痛いところをぐさりと突いてくる。

ピッポはこういう時に冗談めいた物言いをするところが憎らしい。

「バカ正直に戦うのか？　俺ひとりでどうやって」

ヴァレリオは問い返した。というよりは苛立ちをぶつけたが、相手も慣れたもので、それくらいで怯まない。

「いざとなったらカレンツ市民は簡単に寝返ると踏んでるぜ、おいら。みんな我慢の限界にきてるんだからさ」

「だからって、どこの馬の骨だかわからない男が乗り込んだところで、士気は上がらないわ戦に関しちゃ素人の集まりだわ、それこそ大量の屍を生むだけだろうが」

「士気はちょっとしたきっかけで上がるんだが……崇拝されていた名高い総督の嫡男が生きていたとか蘇ったとか、そんな伝説ひとつであっという間にねえ。それこそ燃え盛るヴィッラの中で産声を上げ、召使いが必死に助け出した、なんて作り話があったら不死鳥みたいに盛り上がるよな」

「そうだな。それは盛り上がるだろうが、証拠を見せろって話だ」

司祭といい、ピッポといい、なぜかヴァレリオを担ぎたがるから厄介だ。こうしてフラフラと生きている自分のどこに人をまとめる力などあろうか。

「証拠なんざなくても、お嬢さんは兄貴に惚れてるんだろう？　次の総督より監獄にいた兄貴を選んだっていうのはどういうわけだと思うんだい？」

「知るか——比べる対象が悪すぎたんだ」

「兄貴たちが結婚式を挙げたのはいつだい？」

「昨日の昼過ぎだが、何か？」

「——ああ、よかった。ギリギリで間に合ったかな」

「何が」

「知っての通り、彼女はカレンツの総督の息子、アルマンド・コンスタンティーニの許嫁《いいなずけ》だ」

「そうだ。だが、やつはろくでもない男で、ベアトリーチェは、やつと結婚するのを死ぬほど嫌がってたんだ」

「うんうん、それでかっ攫《さら》ってきたというわけだよね」

「法も無視で、毎日のように私刑で家臣すら殺すような男だ、当然だろう」

「ところがだ、世間一般から見ると、大泥棒の悪党は兄貴のほうじゃないかな？　法を無視しているのも兄貴のほうだぜ？」

「何だと？」

「どこの馬の骨ともわからない男が地位ある人間の婚約者を突然連れ去ったんだから、どう見ても兄貴のほうが分が悪い」

「おまえ……っ、いや、自分で言った言葉だがおまえに言われると腹が立つ」

「おいらは、兄貴はひとかどの人物になるお方だと思っているけど、世間は馬の骨というだろうし、兄貴自身もそう言ってる。で、アルマンドに対しては、ベアトリーチェお嬢さんのほうから婚約解消を言い渡しておかないとややこしいことになるぜ」

「おまえ、どっちの味方なんだ」

「そこでおいらの登場だ。お嬢さんの婚約解消の申し出を書いて司教とアルマンドの両方に届けておいたぜ。司教様は受理してくださった。教会側はアルマンドに私刑をやめろと再三警告したにも関わらず、改善されていないから、そこを突いてやった。教会と同じ考えのお嬢さんの懇願文書を通すのはたやすいと思うね」

「カレンツに行って何をしていたかと思えば」

「それに、従騎士兵団もお貸しくださるようにと頼んできた。カルロ総督が死んでアルマンドに政権が移る前の今が最大の勝機なんだって」

「よせ。俺はこれから、新妻と蜜月旅行と洒落こんで、一年やそこらは……いや、たぶん永久にカレンツには近づかないつもりだ。そのほうが平和だし、ベアトリーチェに世界を見せてやりたいんだ」

「あのお嬢さんはひ弱なお人形じゃないだろう？　カレンツを見捨てて逃げたことを後悔しないわけがない。だが、いったん決めたことだからと自制して、不安でたまらないのを口には出さずにこらえているんじゃないのか？　兄貴がぐずぐずとこうしている間にも、カレンツでは結局毎日のように誰かが死ぬんだぜ、アルマンドの私刑によって」

「俺はカレンツとは何の関係もないんだ、放っといてくれ。どうしてもというなら、証拠をつきつけてみろ」

　ヴァレリオはそう言い捨ててピッポの部屋を出た。

　数年前、喧嘩《けんか》に巻き込まれていたピッポに加勢しただけで、助けたというほどのこともしていないのに、これほどつきまとわれるとは思わなかった。

　あの時味方してやるんじゃなかった。

今みたいに『関係ない』と言って通り過ぎればこんなわずらわしいことにはならなかったのに――。

自分にいったい何ができる？

自分は間違ってなどいない。

煩わしいことには首を突っ込まず、可愛《かわい》い妻を大事にして、穏やかに暮らすのだ。

ヴァレリオは、自身に言い聞かせて、いらいらと客室に戻った。

ドアの前でひと息つき、ピッポへの怒りが顔に残らないように気をつけた。ベアトリーチェは怖がりで弱い女だ。こちらが不機嫌だと知るや、目に涙を浮かべるくらいに――。

客室のドアに鍵を挿しこもうとして、施錠されていないことに気づいた。

＊　＊　＊

「――ここはどこ？」

目隠しをされて、二日の間、馬車に揺られた。

「まもなくコンスタンティーニ城でございます、ベアトリーチェ様」

答えたのは女の声だ。

ベアトリーチェがまんまと騙されてエルダと見間違えた、細い目の小柄な女に違いなかった。

あの時、人違いだとわかった瞬間に当身を食らわされ、連れ去られた。

気がついた時には――気がついても視界は塞がれたままだったが――拘束され、馬車らしい乗り物で運ばれていた。

後ろ手に縛られ、両足も縛られている。まるで重罪人のようだ。二日の間、例の細い目の女が手ずから食べ物をベアトリーチェの口に運び、零れたら絞った布で拭い、冷えてくれば毛布をかけたりと、意外にもその扱いはエルダのようにかいがいしい。

「どこへわたくしを連れていくのですか?」

父の元に帰されるのか、それとも――。

「それも、じきにおわかりになりますでしょう」

相手が女性であることと、カレンツを目的地に定めているところから、凶悪な野盗に殺されたり見知らぬ国に売られたりするのではないということはわかって、ベアトリーチェはかろうじて落ち着きを保っていた。

しかし、気になるのは、一瞬しか見なかったが、彼女はアルマンドの女官に似ているのだ。

馬車が止まり、足の縄だけは解かれたが、女に付き添われて歩く道筋で、ベアトリーチェにとって絶望的な事態だとわかった。

「お連れしました」

と、女官が言った。

酒と香水の匂いがする。獣もいるようだ。

「よくやった。目隠しだけは解いてやれ」

その声を聞いた時、ベアトリーチェは、見知らぬ国に売られたほうがましだと思った。

目隠しが外されると、金色の燭台がまず目に飛び込んできた。

仇敵の生首を持つ、あの趣味の悪いデザインの器だ。

次に、アルマンド・コンスタンティーニが憤怒と残虐さを抱いた目でこちらを睨んでいた。古めかしいチュニックの上にメタルの喉当て胸当てをつけ、剣吊り帯を腰に携えている。

彼が座っている長椅子の後ろは開けた空間で、柱廊の円柱が数本並び、その向こう側にはマルファンテ邸《やしき》が見える。

ここは行政長官邸の二階の執務室で、アルマンドが気まぐれに、家臣の首に縄をつけて突き落としていたその場所だ。

今、彼は長椅子にふんぞり返っているが、両脇に娼婦と思しき女を二人侍らせ、彼女らの肩から手を回し、それぞれの胸元に手を突っ込んでいた。香水の匂いはこの女たちから漂っていたものだろう。

そして、女にグラスを持たせ、彼の口に酒を運ばせていた。

大理石の床には杯《さかずき》がいくつか転がり、酒らしい液体も零《こぼ》れていた。

黒い猟犬が腹這いになり、テーブルの上の肉や魚の料理のおこぼれを待っている。

行政長官が公務を行う場所であるはずなのに、トリスタの居酒屋より劣悪だ。

「いい姿だな、ベアトリーチェ。淫婦となって戻ってきた気分はどうだ。この女たちのように侍らせてやろうか、それとも独房の石のベッドで眠るか？」

彼の思惑はまだわからないが、自分の取る態度はひとつだ。

「わたくしはあなたと結婚する気はありませんので、石のベッドで眠らせていただきます」

すると、彼は顔を醜く引き攣らせ、濁った声で笑い始めた。

アルマンドにしなだれかかっている女も酔っているようで、とろんとした目つきで彼を見上げ、腰を振って笑いながら、杯を彼の口に近づけた。

それが気に障ったのか、アルマンドは突然女の胸から手を引き抜くと、その女の首を掴んで長椅子から引きずりおろした。

女は驚いて、めそめそと泣き出した。

「うるさい、辛気臭い娼婦は、そこから飛び降りろ」

アルマンドが怒鳴ると、娼婦はお許しください、と床にひれ伏した。

彼は女を足蹴にした。その娼婦は犬の鳴き声のような音を発したかと思うと、ぐったりとして動かなくなった。

「おやめください！　──誰か、その人を介抱してあげてください」

ベアトリーチェは驚いて叫んだが、細い目の女をはじめ、側近たちは誰一人、アルマンドにも彼女にも視線を合わせようとはしなかった。

「そいつを片付けろ、目障りだ！」

アルマンドがそう命じると、ドアの外で警備をしていた兵のひとりが入って来て、その娼婦を引きずり去っていった。

残ったもうひとりの女は青ざめていた。

アルマンドは、まるでゴミを捨てただけだというようにその顛末《てんまつ》を見届けると言った。

「はっ、結婚だと？　……ばかな！　疵物《きずもの》のおまえが俺と結婚？　笑わせる。無垢《むく》な許嫁《いいなずけ》だからこそ、これまでの数々の無礼にも目をつぶってきたのだ。今のおまえの扱いは娼婦以下だ、よく覚えておけ！」

アルマンドの態度の変化は、泥酔によるものだけではなかったのだ。

カレンツから逃げ出したその瞬間から、ベアトリーチェはアルマンドにとって貢物を贈る相手ではなく、遠慮すべき存在でもなくなったのだ。

だが、ベアトリーチェにとって、彼の許嫁でなくなったことは、いっそ清々しいと思えた。

アルマンドが淀《よど》んだ目つきをして、呂律もあやしげに言った。

「おまえは姦通の罪で、石打ちの刑だ。だがしかし、俺も人の子だ、許嫁だった女をむげに殺したりはしない。こいつらのように媚びへつらうがいい。俺を楽しませ、俺がおまえの体なしではいられないほどの床上手であったなら、命だけは助けて愛人にしてやってもいい。さあ、跪《ひざまず》いて赦しを乞うのだ」

アルマンドは、まだ片側に娼婦をひとり抱きかかえ、その乳房を弄んでいた。

その状態で凄まれても、不思議と以前ほどの恐怖心は感じなかった。

おびただしい酒の量、焦点が定まらないほどの酩酊は、何かの不安に追い詰められた姿なのではないかと思う。

自分はなぜ、この人物をこれまでちゃんと見定めずに恐れていたのだろう。

逃げれば逃げるほど怖いのだ、きっと。

それでもやはり、ベアトリーチェの足は震えていたが、目だけは彼から逸らさずに言った。

「お断りします。どうぞ、石打ちの刑に処してください」

「なん——だと？　随分威勢が良くなったものだな、下品になったというべきかな。どこの輩《やから》に感化されてそうなったんだ？　まあ、すぐにわかる。許嫁を寝取ったその男は八つ裂きの刑だ」

耳を塞ぎたくなるような悪態に、ベアトリーチェの気が挫《くじ》けそうになったが、それに輪をかける仕打ちが待っていた。

「おい！　ピエトロを連れてこい」

——え……？　お父様？

しばらくして、父、ピエトロが現れた。

彼は悄然と歩いてきて、アルマンドとベアトリーチェの中間地点で立ち止まると、落ち窪《くぼ》んだ眼で娘を見たが、それは一瞬のことで、すぐに目を逸《そ》らした。

そこには娘への気遣いも悲嘆も驚きもなく、ただ虚《うつ》ろな表情しかなかった。

ベアトリーチェの心を抉《えぐ》ったのは、父が囚人服を着せられ、足に鎖枷を嵌められていたことだ。一見して暴力を受けた痕はなかったが、ひどくやつれた、土色の顔をしていた。

「どうだ？　父の代わり果てた姿を見た気分は。何の罪か教えてやろうか。娘がいなくなったことを隠して、病のためビチェリーノ邸に療養にいっているなどと見え透いた嘘《うそ》をついて俺を騙した罪だ」

父にそんな仕打ちを与えた原因は、もちろんベアトリーチェ自身だ。

――ごめんなさい、お父様。

ベアトリーチェは、自分の甘さを思い知った。

トリスタで束《つか》の間《ま》の幸せを享受していた彼女は、全て自分の都合のいいように考えていたかもしれない。実情ははるかに悪かった。

許嫁の父として重用されていたピエトロ・マルファンテは、今は次期総督を裏切った罪人の家族に成り下がっていた。

マルファンテ家はもう終わりだ。

ロマーニ家が滅亡した時から、その末路は見えていたのかもしれない。

——お父様をどうするつもりかしら。

もし、アルマンドが父に暴力をふるうようなことがあったら、身を挺して阻止しなくてはならない。

今、ようやくわかったが、父よりベアトリーチェのほうが心の在り方は強いのだった。

ピエトロを見ると、こっちへ来い、と指先で招き、アルマンドは立ち上がった。

「姦通罪は許せないが、思えばここからの絞首刑をまざまざとベアトリーチェに見せ続けたのは酷だったかもしれぬと反省した。いい見せ物だと思ったが、女子どもにはお気に召さなかったようだな。……許嫁としての忠告、身に染みてな、俺も少しは考えたのだ。おまえの父親のような小心者には、殴る蹴るで脅すのもいいが、もっと高度な懲罰を見せてやろう。そこで見ておれ」

最後の言葉はピエトロに向けられたようだった。

アルマンドはふらつく足取りで、ベアトリーチェに向かって歩いてきた。

「父親の目の前で、娘を嬲《なぶ》りものにしてやる。妻としてではなく、性奴隷としてだ。どうだ、心にくる懲罰ではないか？　……さあ、上品ぶった雌豚め、足を開け！」

この命令に従うわけにはいかない。

ベアトリーチェは、固く膝を閉じて身構えた。

両手首は縄締めされ、その縄は行政長官室の壁に――牢獄《ろうごく》にあったように――太い鉄の輪が埋め込まれていて、そこに繋がれていた。

アルマンドのどんよりした目を見るのも不快だったが、目を逸らさない。

これほど酩酊していて、総督の任務が全うできるはずもない。

「もっとも、俺が犯したところで心痛はないだろう。むしろ、素性もわからないろくでなしに疵物にされたことのほうがよほどショックだったろうよ。親不孝な娘だな」

アルマンドがベアトリーチェの肩を掴んだ。

酒臭い息がかかってぞっとする。

「触らないで」

ベアトリーチェは、犬を叱りつけるように厳しい声で拒んだが、アルマンドは止まらなかった。

「おまえに命令する権利などない。俺にたてついたりしなければ、正妻になれたのに、身の程知らずめ」

「わたくしには立派な夫がいます。教会で式を挙げました」

ベアトリーチェは必死にアルマンドを拒んでいたが、そのうちに彼のほうからしびれをきらして、彼女の頬《ほお》を一発平手打ちした。

「あぁっ」

彼女は大理石の床に投げ飛ばされ、その上から巨体がのしかかってきた。

「いやっ」

父のピエトロも、ベアトリーチェのために何もできないでいる。

虚ろな目をして、全てを受け入れるというのだろう。

ロマーニ家から一転してコンスタンティーニ家の側近へと鮮やかに転身したピエトロだったが、父にはただ受け入れるしかなかったのだろう。

誰の助けも得られない。

ベアトリーチェは、力尽きて死ぬまで抵抗し続けようと決めた。

アルマンドはベアトリーチェを床に倒して馬乗りになった。

足を開いたら終わりだ、と心に誓って、彼女は必死で膝を閉じたが、そこにアルマンドが足を割り入れて閉じるのを阻止する。

いっそ、馬車の中でそうだったように、縄で両足を縛ったままでよかったのに。

「いや！」

ベアトリーチェの足を開かせ、そこに膝をついたアルマンドは、いやらしい笑いを浮かべながら、ブリーチズの前を開いた。

しかし、彼は、自分の股間に手をやって揺さぶるような仕草をした後、ひどく忌々しそうに舌打ちをしながら立ち上がった。

酩酊しているため、体が思うままに動かないらしい。

「くっそう、酒が回りすぎだ……フラフラする」

アルマンドはまだ心許《こころもと》ない歩き方でベアトリーチェから離れると言った。

「そこにつないでおけ。犯すのはいつでもできる。それよりもっといいことを思いついた。処刑を見るのが辛いと言っていたおまえの目の前で、父親や、マルファンテの下僕を次々に処刑してやるというのはどうだ！　地下牢にまとめて全員放り込んであるからな」

ベアトリーチェは悲鳴を上げた。

アルマンドを怒らせた結果、最も恐れていたことが起ころうとしている。

「おまえの裏切りに対する報いだ。俺を侮辱した者がどうなるか見るがいい！」

そして、アルマンドは長椅子の上にどさりと体を横たえて鼾《いびき》をかき始めた。

父のピエトロは呆けた表情のまま、どこかへ連れ去られた。地下の牢獄だろう。

ダニエラはどうしただろうか。総督の遠縁だから放免されたのかもしれない。

黒い猟犬は大理石の床に腹這いになり、ひとつ欠伸をした。

部屋の外には警備兵が二人向き合っていて、室内では細い目の女が置物のように立って、一部始終を見届けている。

杯と酒、そして犬――怠惰な雰囲気に満ちた、散乱したこの部屋には、執務を行った形跡などどこにもない。

――ああ……お父様、エルダ、そしてみんな、ごめんなさい……！

恐怖と失望で体が震えたが、ベアトリーチェはこらえて沈黙を守った。

ぽたぽたと、床に涙が落ちる。

短い幸せの代償がこんな恐ろしいことになるなんて。

アルマンドが目覚めた時、何が起こるのかと思うと深い絶望に打ちひしがれ、ベアトリーチェは声を殺して泣いた。しかし、彼を起こしてはならない。

これからどうなるのだろう。

せめて自分以外の家族や使用人だけは助けてほしいと懇願したい。

しかし、彼が泥酔している今、何を言っても激昂させるだけだろう。

今はただ、嵐が過ぎるのをじっと待つしかない。

ひとしきりむせび泣くと、彼女はこれまでのことを振り返った。

どこで間違ったのかを考える。

ヴァレリオとの出会い、彼との逃亡、そして幸せな蜜月――。

あまりにも短い幸せだった。

――何がいけなかったの？

アルマンドと結婚すれば平和に収まったの……？

――違う。

ヴァレリオと出会い、彼の胸に飛び込んだことは間違いではない。
真剣に人を愛することを知ることが、自分を強くしてくれた。
最大の過ちはきっと、アルマンドに一度も対峙《たいじ》せずに『逃げたこと』だ。
今、すべきことは立ち向かうことだ。どんな惨《むご》い結末であっても。
――わたくしのことはどんな仕打ちでも受けよう。でも、罪のない人たちは助けたい。
手首の自由を奪われたまま、彼女はスカートの乱れを何とか自力で直した。
アルマンドはひと眠りして、酔いが醒めたら、また襲ってくるだろう。
その時には本当に凌辱されてしまうのかもしれない。
彼の眠っている間に、身を守るための最善は尽くさなくてはと思う。
だが、逃げるのではなく、彼を説得して、これ以上の私刑をやめてもらおう。
彼がどんなに激怒しても、繰り返し、自分の考えを伝えるつもりだ。
聞き入れてもらえず、自分が絞首刑になったとしても、死の瞬間まで彼に訴えよう。
ベアトリーチェ亡き後も、アルマンドの心に一生残るように。
この先、彼の私刑を一瞬でも思いとどまらせることができるように。
愛を知る前のベアトリーチェは、全てに怯《おび》えていただけだった。
だが、今は違う。
ヴァレリオという夫がいる。二人で過ごした数日間の、なんと輝かしかったことか。

短いながらも幸福な時間を得たことは、彼女の生きた証《あかし》だ。

――ヴァレリオさん。愛しているわ、これからもずっと！

たとえもう会えなくても――。


行政長官邸の執務室とは名ばかりの広い一室で、ベアトリーチェはまんじりともせず、暗闇に目を凝らしていた。

両手を縛っている縄の先端は白い漆喰《しっくい》壁にめり込んだ鉄の輪に縛り付けられている。鉄の足枷《あしかせ》はない。

無表情な女官により、毛布だけは与えられていた。彼女はベアトリーチェの監視役を命じられたらしく、かといって口も利いてはならないのか、会話できないほどの距離をとって窓際に立っている。

窓の外は古代様式のテラス風になっており、円柱が何本か立っているのが見える。

そこで何人の罪無き人々が絞首刑で散ったことだろう。

あそこに立たされ、落とされて生き延びたのはひとりしか知らない。

その名はヴァレリオだ。

なぜ、彼は柱廊に立った時もあれほど平然としていたのだろう。

彼の心中はわからないが、少なくともその妻として、ベアトリーチェも極力、取り乱さないでいようと思った。

彼のしたように、手首の縄を解けないかと思ったが、少し動かしただけで彼女の皮膚は破れそうだ。あきらめるしかないのか。

手首が血だらけになろうと、逃れるよう力を尽くさなくては。

彼女は、手首の縄よりも、それを壁の鉄輪に繋いでいる長い縄と立ち向かうほうが良策のように思えた。縄を切るような鋭利なピンは持ち合わせていないが、壁には燭台が埋め込まれている。八本の蠟燭が円形に立てられていて明るいが、それもまもなく燃え尽きる時が近づいている。炎がひどく乱れていたからだ。

女官に怪しまれないよう、蠟燭が消えるのを待ってベアトリーチェは立ち上がり、両手を挙げて鉄の芯が上向きに取り付けられた燭台に縄を引っかけた。

女官は蠟燭の交換は命じられていなかったらしく、部屋が暗くなっても動かなかった。

ベアトリーチェは壁際に座り、毛布に隠してそっと手首を動かしてみた。燭台の鉄枠で擦れて縄が切れやすくなることを祈って、音は立てないように——。

自分には大したとりえもないと思っていたが、百枚の羊皮紙をヴァラム文字で埋め尽くせるほど、根気だけはある。一晩中、縄削りに尽力しながら、彼女は祖父の写本に思いを馳せた。

そもそも、あれを読み解こうと思ったからこそ、ヴァレリオとの出会いもあったのだった。

――それなのに、大事なものを置いてきてしまった。

行李にも入れず、書き物机の上に。

ヴァレリオは見ただろうか。

祖父の願いを、自分は聞き届けることができなかったが、彼なら読めるはずだ。

聡明《そうめい》な人だから、祖父が何を望んでいたかも汲み取ってくれるだろう。

祖父がエミリオの乱の生き証人だったことに驚いた。おそらくあの写本は、決して埋もれさせてはならないものなのだ。

遠くくぐもるような音色で、コンスタンティーニ城の鐘楼の鐘が鳴り始めた。

一瞬、身をこわばらせたが、夜明けの祈りの時間を知らせる鐘だった。

重々しい鐘の音。

トリスタの聖キアラ教会の鐘はもっと軽やかで明るい音だった。

初夜が明けた朝、鐘の音に怯えていると、ヴァレリオがやさしく抱きしめてくれた。

あの人の理性と教養の十分の一でもアルマンドに備わっていたなら、カレンツはこれほど荒れなかっただろうに。

ピッポが言っていた。

『おいらは、兄貴はただもんじゃねえと信じてるんだ。今にでかいことをきっとやってくれるってな』

残念ながら、ベアトリーチェは、そういう意味で、ヴァレリオのよい伴侶にはなれなかったようだ。彼は妻を大切にしてくれることにばかり心を砕いていたようだから。

きっと、もう会えない。

鐘の余韻が静まった。

彼女は再び目を閉じた。

ヴァレリオと過ごした短い日々を思い出す。

文字を教わり、口づけをし、深く繋がった。

彼の背に必死でしがみついて、ひっかき傷をつけてしまったことも……。

あの傷もいつか治ってしまい、ベアトリーチェが彼と過ごした名残も消えてしまうのだろう。

彼の背の烙印――あの意味はまだわからない。

それを思い浮かべていた時、ふと赤い羊皮紙が目に浮かんだ。

茜色《ロッピア》の写本の、赤い紙面が彼の背に重なる。

十七枚の最後の一葉だ。

右下の端に『ココデオワル』と書かれた金の文字はいったい何だったのか。

見えない何かが、その空間に存在しているかのような不自然な配置。

ふとそこに翼の線図が浮かび上がる。

――え……っ？

ひどく重要なことを見落としていた気がして目を開ける。

やはり、ヴァレリオの背の焼印の形は『茜色写本《ロッビア》』にあったという気がしてならない。潜在的に読み取るよう、あの中のどこかに潜んでいたのではないだろうか。

もう一度、あの写本を見たい。

どうしても確認したい。

そのためには、ここで犬死にはできない。

そう思った時、長椅子に寝そべっていたアルマンドがもぞもぞと動いた。

ベアトリーチェは身を強張らせた。

とうとう彼が目覚めた。これからどんな報復が待っているのか。

アルマンドが半身を起こし、大きく伸びをした。

「よく眠れたか？　高慢な淫婦のベアトリーチェ嬢」

冷えた靴音を鳴らして、彼はこちらにやってくる。

メタルの胸当てをしており、剣帯には一振りのレイピアがおさめられたままだ。

彼はベアトリーチェから、彼女のくるまっていた毛布を剥ぎ取った。

「あっ」

「待たせたな」

近くに詰め寄られると、酒臭さは抜けていないが、アルマンドは昨夜よりは落ち着いている様子だ。

「すっかり色気づいて、立派な娼婦になったものだな」

「アルマンド様。ご相談もなくカレンツを出たことはお詫びします」

「攫われたのではなかったか？」

「いいえ。……自らの意志で、ついて参りました」

「俺の許婚《いいなずけ》でありながら、囚人と駆け落ちとは」

「お許しください。……いいえ、許されないことは承知しております。わたくしは石打ちの刑に果てるつもりです。カレンツの法に則って罰を受けます。……どうか、父と家人《かじん》だけはお許しください！」

『カレンツの法』では、罪人は裁判を受け、それにより定められた罰を受けることになっている。カルロ総督の治世から、その存在は無きに等しかったが。

「そりゃあ無理な注文だ。カレンツの法は俺のここにある」

と、アルマンドは自分の胸を叩《たた》いた。

「俺の気分次第というわけだ。そして俺は今すこぶる腹が立っている」

「婚約中でありながら、無断で城を出たことは申し訳ありませんでした」

「ふん。相変わらず尊大な女だな。『石打ちの刑を受ける』だと？　おまえが決めるんじゃない！　淫売に人権などないと言ったはずだ」

突然アルマンドの腕が伸ばされ、ドレスの上から乳房を掴《つか》まれた。

ベアトリーチェは、悲鳴を上げた。

「おまえは娼婦以下だ。いやらしいその体を、俺の思うままにする。この手で握りつぶしてもいい」

アルマンドはこちらの反応を楽しむかのように、凄んだ声で脅してきた。

「俺は総督として、カレンツ一の美女を妻に迎える権利がある。だが、このたび、そいつが淫売とわかって破談となったわけだ。別の女を娶《めと》るとしても、やはり俺は、それがいちばん美しい女でなくては我慢できない。ではどうすればいいか？」

両手首を縛られ――燭台の金枠で縄を摩擦した成果はまだ出ていない――壁に貼り付くしかないベアトリーチェの顎を捉え、アルマンドが哄笑《こうしょう》した。

「おまえの顔を醜くすればいいわけだ。鼻の骨を折って、口は耳まで裂いてやろう。まぶたも開かないほど腫れあがらせるのもよかろう。しかし、俺が飽きるまで楽しんでからだ。おまえの体でな……！」

「それでお気が済むのなら――その代わりに、どうか家族や使用人は殺さないで」

ベアトリーチェは心からそう願って言った。

「へえ？　こんな気の強い女とは知らなかった。ぞくぞくするなあ。そうとわかっていたら、とっとと手をつけて楽しんでおくのだった、この売女が！」

その声は次第に昂ぶり、最後はベアトリーチェの耳がキンとするほどだった。

怒声とともに、アルマンドがのしかかってきた。

あっという間に自由を奪われてしまう。

アルマンドと向き合い、詫びた上で自分の考えを述べるつもりだったが、所詮無理だった。

押し倒されて腕を頭の上まで上げさせられ、大理石に押し付けられる。

ごつごつとした手がスカートの中に入ってきた。

「いや……！　どうかお聞きください。お願いします！」

ベアトリーチェは懇願しながら必死で膝を閉じた。アルマンドの片手はベアトリーチェの手首を拘束しているから、膝を開かせるのに手間取っている。

「おい、この女の手首を押さえてろ」

アルマンドは女官に命じた。

彼女はほとんど聞こえないような小さい声で返事をし、近づいてきて、無言でベアトリーチェの手首を縄の上から両手で掴んだ。女の力だからアルマンドよりは弱いが、それでも振り動かすことはできない。

アルマンドはかつての許嫁の腰を、手荒い仕草で掴み寄せ、スカートをまくりあげた。

レースをふんだんに使ったパニエが露出され、アルマンドが舌打ちした。

「面倒くさいものを着やがって」

羽枕を破壊するように、レースを引きちぎろうとしたが、ふわふわと掴みにくい。

苛立った末に、彼は剣吊り帯から剣を抜いた。

息を呑《の》むベアトリーチェに、不敵に笑いかけると、その剣でパニエを切り裂いた。

最後のひと片を力任せに剥ぎ取ると、太腿《ふともも》が露《あら》わになった。

「ほうう、これは想像以上の艶《なま》めかしさだな。足掻くなよ、暴れたらこれをぶち込んでやる」

彼は剣で脅し、ベアトリーチェの足を開いていった。

屈辱と恐怖ですすり泣きが漏れてしまう。

アルマンドの太い指が内腿《うちもも》をきつく掴んだ。

何をするにも痛みを与え、脅かさなくては気がすまないというように。

彼女は歯を食いしばった。

がさがさした手が、秘所に触れる寸前、腹這いになっていた猟犬がぴくりと頭を上げる。

その直後、突然、鐘楼からまがまがしい鐘の音が鳴り始めた。

朝課でもなく、処刑の音でもなく、非常を知らせる喧《やかま》しい早打ちだ。

カレンツの市民がみな飛び起きるだろう。

「な、なんだ！」

アルマンドはベアトリーチェの足を掴んだまま、柱廊の見える窓に顔を向けた。

彼の気が逸れた一瞬のうちに、ベアトリーチェは両肘を曲げて強く引きつけた。女の手が離れる。体を反転してアルマンドから逃れようとすると、彼はその足首を掴んで引き戻した。

「あ……っ」

しかし、鐘はまだ鳴り続けている。

「おい、女！　外を見て、何が起こっているか言え」

警鐘はかつてないほどけたたましく鳴り、無数の残響が入り混じって、アルマンドの命令も最後のほうはほとんど聞こえない。

女官は無言で窓に向かって歩き、窓から見下ろした。

そして、しばらく見つめたあと、こちらを向いて何か報告をしたが、鐘の残響で聞き取れない。無表情の女の、唇が動いただけだ。

不安を煽るような鐘の音に、全うな判断力を失ったのか、アルマンドは苛々して立ち上がると、ベアトリーチェから手を離して女官のいるほうへ歩いた。

――今だ……！

彼女は思いきり体重をかけて縄を引っ張った。燭台がぐらぐら揺れた。

まだ切れない。

もう一度。ベアトリーチェは渾身《こんしん》の力を込める。

勢いをつけて引いた時、とうとう縄が切れた。

――やったわ。

わずかな自由を得た。これからどうすればいいのだろう。

広場が騒々しくなってきた。

早鐘が鳴ると、人々が飛び出して広場に集まってくる。

処刑を見届けなくてはならないとアルマンドが厳しい通告を出していたからだ。

もっと大きな騒ぎになればいい。

この隙に乗じて逃げようとしていた時、女官と目が合った。

彼女は切れた縄の先に視線を移した。

アルマンドは柱廊に身を乗り出し、広場に向かって何か怒鳴っている。

――お願い、見逃して……！　地下牢へ行きたいの。

会ってもどうにもならないかもしれないが、今はエルダたちの無事を確かめたい。

祈るような気持ちで、ベアトリーチェは扉に向かって駆け出した。

ずっと座っていて、足がもつれて転びそうになりながら、這ってでもこの部屋を出るのだと思った。女官が駆け寄ってきた。

扉にようやくたどりつき、取っ手を握った。施錠されていない。

この向こうには警備兵がいる。

そこを死にもの狂いで突破するのだ。

その時、女官の手が彼女の背に届き、瞬く間に肩をがっしりと鷲掴みにされた。

――ああ……！

二人がもみ合ったはずみでドアが開いた。廊下の両側に兵士が――いるにはいたが、なぜか昏倒して呻《うめ》いている。

女官はベアトリーチェの肩を強い力で一瞬引き戻し、その耳元で言った。

『急いで地下牢へ！　牢番も眠らせてあります』

――え……？

それから突然彼女はベアトリーチェの背中を突き飛ばした。

戸惑っている暇はない。彼女は倒れている兵の側を走り抜けた。

――奇跡だわ……！

「ま、……待て……！」

という声が追いかけてきたが、それ以上近づいてくることはなかった。

女官の行動は同情だろうか。それともアルマンドに屈しながらも彼に恨みを抱いているのだろうか。ヤコポがヴァレリオの脱出に手を貸してくれたように？

なぜ、彼女が急に助ける側に回ったのか理解できないが、鐘がアルマンドの暴挙を止めたのも、女官の改心も、神の慈悲に違いないと思った。

長い廊下を走り、手すりつきのらせん階段まで到達した。

一気に駆け下りて、地下牢へと向かおうとした時、躍り出た人影に阻まれた。

体当たりをして一緒に転げ落ちてしまおうか。でも相手が死んでしまうかも……。

そんな躊躇《ためら》いは甘いと言われそうだが、それでよかった。

「ベアトリーチェ……！」

夢に見、幻に聴いた愛しい声が自分を呼んだ。

「……ヴァレリオさん！」

こちらから体当たりをしなくても、もう会えないと思っていた夫が駆け寄り、彼女を抱きしめた。白いシャツと褐色のブリーチズの上から、金の房のついたオリーブグリーンのクロークをまとった凛々《りり》しい姿はいつもどおりだが、腰に剣帯をつけ、長剣を携えていた。

ベアトリーチェの手首に縄が食い込んでいるのを見ると、彼ははっと息を呑み、彼女のスカートが引き裂かれているのを見ると血相を変えた。

怒りに彼の表情が見たこともないほどきつくなったが、今は一刻の猶予《ゆうよ》もない。自分のクロークをさっと脱いで彼女にまとわせると、彼はベアトリーチェを脇に抱えて階段を下りた。

階下から警備兵が数人上がってくるのに鉢合わせした時、上からナイフが飛んできた。

それは的確に兵士の動きを封じ、ばらばらと兵士を倒していく。

見上げれば、手すりの上にピッポが立ち、援護射撃をしていた
彼のおかげで階下にたどりついたと思ったが、正面からアルマンドの声が響いた。

「この盗人め！」

彼は柱廊の外階段から先回りしていたのだった。

チッ……とヴァレリオが舌打ちした。

「誰が盗人だ！　ベアトリーチェは俺の妻だ」

「ほう、ふてぶてしいな。死にぞこないが！　今度こそあの世に送ってやろう」

その場でアルマンドがレイピアを抜いた。

ヴァレリオはベアトリーチェを背後におしやり、次の瞬間には彼も抜刀して受身を取っていた。ぎりぎりと剣身を交差させ、睨み合う。アルマンドは激しい殺気を放っているが、ヴァレリオの表情は冷徹だ。

「あんたか、カレンツを寂《さび》れさせたのは。それとも父親のほうかな？」

合わせた刀身越しにヴァレリオが言うと、アルマンドが返した。

「そういうおまえは何者だ。いや、名乗るほどの名前などないだろうが」

「ヴァレリオと前に言ったはずだが。頭の緩い総督もどきには覚えられなかったか？」

挑発的なヴァレリオの言葉に、アルマンドの目がぎらりと光った。

「閣下！　ご無事ですか」

駆けつけた兵士たちに、アルマンドが言った。

「もはや許嫁でもなんでもないが、遊び女をひとり攫われた身として、血を見せねば気がすまん。見ておれ！」

彼は細身の剣をヴァレリオに突き出した。ヴァレリオはひらりとそれをかわし、実戦用のエスパダ・ロペラで応酬する。

「兄貴、お嬢さんは任せろ」

ピッポが現われて、ベアトリーチェの手を引いた。

それを合図に激しい振込み、突きの応酬が始まる。

躍動するヴァレリオの肢体はしなやかでたくましく、アルマンドの大胆な突きを避け、際どい突きを返した。

アルマンドの護衛兵が加勢に出ると、ヴァレリオは階段下のサイドボードを蹴り上げてひょいと中二階の手すりを掴んで上がる。

上からの攻撃にアルマンドは怯み、じわりと下がると階段を駆け上がる。

二階で待ち伏せていた兵がヴァレリオに三人がかりで向かったが、瞬く動きで彼らのレイピアを弾き飛ばし、その足に突きを入れた。

ヴァレリオは、ようやく追いついたアルマンドと踊り場で打ち合う。アルマンドの切れのいい突きに、ベアトリーチェは悲鳴を上げたが、ヴァレリオは上半身をふいと屈《かが》めてやりすごし、被せるようにアルマンドのレイピアをホールドする。

「くっそ、ネズミが」

俊敏さで劣ると自覚したのか、アルマンドが毒づいた。

「表へ出ろ！　卑怯者め」

「望むところだ。民衆の前で赤っ恥をかくがいい」

ヴァレリオはそう言うと、踊り場から手すり越しに階下へひらりと飛び降りた。

朝の光の中、かつて暗殺の現場となったプーレ広場には闘技場の様相を呈していた。

「お待ちを、お待ちを！　危のうございますよ」

そこに色鮮やかなチュニックとブリーチズの男が姿を現した。オカッパ頭の小柄な男は、ナイフを数本お手玉をしながら観衆に近づいた。

ナイフが逸れて当たっては大変と、周囲の者たちがじりじりと後ずさる。

ほどよい空間ができると、彼はくるりと宙返りをしたが、着地した時にはナイフはどこにもなかった。そうして人の注意を引きつけておいて、彼は甲高い、よく通る声で言った。

「さあさ、みんなよく見ておくんだ！　勝ったほうが次の総督だ！　なんてね」

周囲には、既に数百人は集まり、まだ見物人は増え続けている。

傭兵《ようへい》隊長の血筋のアルマンドは、いかに酒や女に溺れても、腕にだけは自信があるらしく、一対一の戦いを望んだ。かといって、全く対等な勝負とは言い難い。彼に不利になるようなことがあれば、総督護衛兵団は即座に動いてヴァレリオを攻撃するだろう。

アルマンドが劣勢に陥れば、彼らはすぐに動くだろう。

「見れば見るほど忌々しい面構えだ。その首を取って屋根飾りにしてやる！」

ヴァレリオも怯《ひる》む様子はなく、憎まれ口を叩いた。

「俺が勝ったら、あんたを吊してやるよ。いい眺めだから味わってほしい」

「……殺す！」

アルマンドが躍りかかり、ヴァレリオが受ける。乾いた空気に刀剣がうなり、刀身のぶち当たる音が響いた。三つばかり打ち合って火花を散らした後、二人同時に飛び退く。

再び打ち込み、剣同士の鍔《つば》迫《ぜ》り合いが数十秒、観衆は息を殺し、ある時はどよめくが、どちらの加勢をするかけ声も上がらない。真剣勝負なのか腕試しなのか、それすらも理解できず、皆が困惑した表情を浮かべていた。

――ヴァレリオさん……死なないで……！

ベアトリーチェは祈るような気持ちで見つめた。

二人の力は互角に戦っているように見える。しかし、いつか勝負がつき、その時にはどちらかが無傷ではいられないだろうと思うと、胸が張り裂ける。

格闘技は見るのも嫌なベアトリーチェが、夫の戦う姿を見ることになるとは皮肉な巡り合わせだが、素人目にも、動きが軽やかなのはヴァレリオのようだった。

ヴァレリオの体はしなやかな筋肉に包まれており、足捌《あしさば》きも俊敏だ。

アルマンドは体格は立派だが、酒と女に溺れた期間が長すぎたのだろう。しまりのない体形で、相手の動きへの反応がわずかに遅い。

彼が力にものを言わせて剣を見舞うと、ヴァレリオはひょいとからかうように身をかわす。ヴァレリオが突きに行くと、剣で払いながら後退し、観衆の中まで追い詰められて足をとられるが、そういう時はヴァレリオは攻撃をいったん止める。腕ならしのようで、息も荒げていない。

ヴァレリオとは対照的に、アルマンドの表情には余裕がなくなっていた。顔を真っ赤にし、顎を突き出し、肩を大きく上下に揺すっている。

ヴァレリオは計算したようにフェイントをかけて相手を煽り、鋭い突きで何度かアルマンドの喉当てをかすめて、観衆をどよめかせた。

黒い髪がさらりとたなびいて朝の光に輝き、白いシャツをひらめかせて跳躍する、彼の身のこなしに既視感を覚える者も出始めた。

人々の間で、『あっ』という小さな叫び声があちらこちらで聞こえる。

「あれは、この間の囚人だ！」

「絞首刑から蘇《よみがえ》った悪魔だ」

「本当だ！　やつが戻ってきたぞ！」

愛する人がまるで悪人のように言われるのが悲しいが、それよりもこの勝負の行方が案じられた。思いがけず、ヴァレリオは鍛えられていたようだが、アルマンドが正々堂々とそれを認めるかどうかが不安だ。

ピッポの意図はなんなのだろう。

なぜ、ひたすら逃げるように仕向けなかったのか、と考える。

ベアトリーチェの青い瞳に映る、ヴァレリオは勇敢で美しい。

躍動する肉体、飛び散る汗が陽光に輝き、剣が日を反射して閃光《せんこう》を生むのを見ると、翼ある神聖な生き物のような錯覚すら覚える。

翼にヴァラム文字をあしらった、あの焼印のように――。

金属音が鳴り響き、なかなか勝負がつかない中、観衆の心は動き始めた。

みな、アルマンドの治世を危ぶんでいたのだろう。

「若造、負けるな！」

突然、ひとりの男が叫んだ。

『若造』とはヴァレリオのことだ。

アルマンドの敵を応援するなど、反逆罪と言われても仕方ないのに、誰だろう。

ベアトリーチェは聞き覚えがあると思い、声のした方に首を巡らした。

「若造、やっちまえ！」

ぎょっとして周囲の人々も振り向いた。

ヤコポが口元に手をかざして大声で叫んでいた。

彼の息子は、柱廊から吊《つ》るされて死んだ。

ヴァレリオのように生き延びることができなかった。

裁きも受けず、アルマンドの妬心ひとつで命を奪われたのだ。

「せがれの仇を討ってくれ！」

ヤコポは声も嗄れるほど喚いていた。

目の前の戦いに余裕のないアルマンドにも、届いたのではないだろうか。

「ヴァレリオさん、負けないで！」

ベアトリーチェも叫んだ。

「ヴァレリオさん！」

彼の名前を誰も知らないが、やがてヴァレリオに加勢する声が広がっていく。

「囚人、頑張れ！」

「いいぞ、そこだ、突け！」

反逆罪を恐れて、誰と言わずに加勢しているが、どうみてもヴァレリオ側についていると思われる声も飛び交う。

総督護衛兵団がざわざわと落ち着きがなくなり、反逆罪だぞ、と怒鳴る一幕もあった。

横暴な支配者への不満があふれてどうにもならなくなった瞬間だ。

小競り合いを続けていた二人だが、アルマンドのほうがたまらず、勝負に出た。

我慢が足りなくなったのかもしれない。

随分呼吸が荒く、腕の振りも鈍くなってきた。

長く闘いを引き伸ばされるとアルマンドのほうが圧倒的に不利だろう。

獣の咆哮に似た叫び声が、観衆の声を引き裂くように響いた。

アルマンドが切りかかり、ヴァレリオが受ける。

火花が散るような衝突音に続き、きりきりと剣を交差させて押し合った。

石畳にブーツの踵《かかと》を擦り付けてヴァレリオが持《も》ち堪《こた》えるが、初めて圧されぎみの様相を呈していて、ベアトリーチェの心臓が壊れそうになった。

重要なことに気づいてしまった。

どんなにチャンスがあっても、ヴァレリオは相手を殺さないつもりだ。

彼はそういう人なのだ。

力の差は誰の目にもはっきりしているが、アルマンドには殺意があるのに、彼にはない。

それなら、どうやってこの一騎打ちは終わりを迎えるのだろう。

最愛の夫が人を殺すのは見たくないが、殺されるのはもっと辛い。

――あなたに何かあったら、わたくしも死にます……！

今は声も出ないほど切なく、両手を組み合わせて握りしめ、祈るしかない。

やがて、キィン、とかまびすしい音を立てて、ひとふりの剣が弾け飛んだ。

どっと観衆がざわめく。

宙を飛んで陽光を反射しながら石畳に落下したのは、アルマンドの剣だ。

「ピッポ、縄！」

「よしきた」

打てば響く太鼓のようにピッポが躍り出て、丸腰になったアルマンドを後ろ手に縛り上げた。色めき立つ護衛兵団に、不敵に笑いかける。小さなナイフを敗者の喉もとにつきつけ、寄れば息の根を止めると脅した。

「さ、約束だ。柱廊から吊される気分を存分に味わいなさい。ただし、兄貴は執拗だから、すぐには殺したりしない。生きたまま吊して、干からびて朽ちるのを見て貰いましょう」

そう言いながら、ピッポがアルマンドをどやしつけながら、外階段を引っ立てていく。ヴァレリオは、剣を捨てて、走り寄るベアトリーチェを抱きしめると、その肩を抱えるようにして、ピッポの後に続いた。

柱廊に三人が上がると、護衛兵団がいっせいに階段を駆け上がろうとした。

「反逆罪だ！」

「閣下への反逆罪であるぞ！　捕えよ！」

広場が騒然となり、兵士が押しよせる。

ヴァレリオはアルマンドの髪を引っ掴《つか》むと、城壁の向こうに顔を向けさせた。

「あれが見えるか？」

そこには、数千騎はあろうという兵団がトラモント山からコンスタンティーニ城へと進軍しているのが見えた。

アルマンドの顔が土色になった。

「な……何だ、……あれは」

「司教の従騎士団だ。一日で集まったのはあれくらいだが、コンスタンティーニに山ほど恨みを持った連中が、これからもっと増える。観念したらどうだ？」

ヴァレリオの指差した方角を護衛兵たちも見た。アルマンドは拘束されたままがっくりと膝を落とし、頭を垂れた。

突撃の命令を待っていた護衛兵たちも、志気をくじかれ、呆然と城壁の向こうを見ている。

アルマンドは絶望の叫び声を上げたが、ヴァレリオは彼にはかまわず、民衆に向き直った。

「畜生！　殺せ、潔くここで殺せ」

「みんな、聞け！　これは戦でもクーデターでもない」

彼が叫ぶと、広場の最後尾まで声が響き渡った。

反響がおさまるまで待って、彼は次の言葉へと繋いだ。

「今、コンスタンティーニ城に差し向けられているのは教皇庁からの特使である。裁判を経ない、無惨な私刑をやめろという再三の警告を無視したアルマンド・コンスタンティーニを弾劾《だんがい》するために遣わされた。おまえたちは守られている、落ち着いて聞いてくれ」

ベアトリーチェも知らなかった。

カレンツに救いの手が差しのべられたことを。

ヴァレリオは続けた。

「さらに、アルマンド・コンスタンティーニは現在、総督でもなんでもない。カレンツの共和制に世襲制の掟はない。アルマンドに反逆罪を訴える権利などない、恐れるな！」

ヴァレリオもピッポに負けず、雄弁だった。

「次代の総督を誰にするかは、おまえたちが決めろ！　もちろん投票でだ。恐怖政治に苦しみ続けたいのでなければ、おまえたちが選べ！　それから、アルマンドの許婚《いいなずけ》だったベアトリーチェ・マルファンテは婚約解消を申し出て、先日、トリスタの聖キアラ教会で、正式に俺と結婚した。『カレンツの宝石』を奪ったことは謝罪するが、生涯大事に添い遂げることを約束する。俺が言いたいことは以上だ！」

そう言ってヴァレリオが一歩下がると、観衆の中から野次が飛んだ。

「そういうおまえは誰だ」

「囚人じゃないのか」

ヴァレリオが答える。

「俺の名は、クレメンス・ヴァレリオ・ロマーニだ」

「なんだって」

「ロマーニだと？」

「ロマーニ家は断絶したはずだ！」

このざわめきはなかなか収まらなかった。

「しかし、フランチェスコ総督に似ているぞ」

「ロマーニ家が蘇ったのか！」

ヴァレリオは彼らが静まるまで数分待たなければならなかった。

「静まれ！　でたらめを言うな！」

と、反撃に出たのはアルマンドだ。

「そいつは姦通罪に処すべき破廉恥な男だぞ！　騙されるな！」

アルマンドも民心を取り戻そうと、ひときわ大きい声で怒鳴ったが、もはや市民たちの関心は、ヴァレリオにのみ向けられていた。

広場の中央にひとりの老人が進み出て、柱廊を見上げて言った。

「年寄りの戯言と思って聞いてくれ。あんたはフランチェスコ・ロマーニ閣下に似ているが、どういう関係なのだ」

「俺を保護した司祭の話では、前総督、フランチェスコの妻が、炎上するヴィッラの中で産んだ子どもだと聞いているが、確たる証拠はないし、共和制に血統は無用と考えろ」

するとすると、ピッポが立ち上がり、懐から出した赤い小さな冊子を高々と持ち上げた。ベアトリーチェがトリスタの旅籠《はたご》に残してきた、祖父の形見の写本だ。

「証拠はここにある！　元公証人、ジャコモ・マルファンテ氏による証言だ。司教様にご高覧いただくまで絶対とは言えないが、いずれ明らかになる。フランチェスコ総督には嫡男《ちゃくなん》が生まれていた！　それがここにいる、クレメンス・ヴァレリオ・ロマーニだ。皆の衆、ようく見ておけよ」

「え……！」

ベアトリーチェも初めて知る事実だ。

「ヴァレリオさんが……フランチェスコ総督の嫡男？」

「いいかい、今から読み上げるから、しっかりと聞いてくれ」

ピッポは誇らしげに人々を見回すと、朗々と読み始めた。

「聖なるペルペトゥスの名においてかくあらしめたまえ……」

ベアトリーチェも聞き覚えのある文言だ。祖父の写本の冒頭である。

『聖なるペルペトゥスの名においてかくあらしめたまえ

一四九〇年三月二十日、ロマーニの宗主の暗殺事件において死亡したフランチェスコ・ロマーニ総督の遺児クレメンス・ロマーニの消息について。当時、新生児だったクレメンスはフランチェスコの唯一の嫡子である。同年三月二十二日、火災の起きたヴィッラの貯水池から水路を利用して救出され、十三歳までの生存がカッシーニ修道会オズヴァルド神父により確認されている。彼が成年になった時、身体、精神、知性、人徳においてカレンツの共和制復興の旗印となる資質を持つことが認められた場合、私は軍事支援としてクレメンスに三百万オーロを、修道会に十万オーロを支払う。これによりコンスタンティーニによる独裁・圧政が終焉を迎えることを切望する……』

ピッポはここでひと息ついた。

観衆のざわめきがプーレ広場に波紋のように広がっていく。

「ロマーニ総督万歳！」

「新総督、万歳」

この歓声に、ヴァレリオは慌てた。

「違う、俺じゃない！　俺は関係ないから」

進み出た老人は、ぎらぎらとした目でヴァレリオを見つめて、質問を重ねた。

「――では、なぜ、ここで騒ぎを起こしたのだ？　カレンツの民を煽動するかのように」

これについては、ヴァレリオが逆に問い返すことになった。

「俺の愛してやまない妻の故郷が、独裁によって蹂躙されているのを見かねたんだ。おまえたちはなぜ黙っているんだ？　仲間や家族が無意味に殺されているのを、なぜ見過ごすんだ」

「わしたちは無力だ。武器もなければ、力もないからだ。今もこうしてものをいうことで、この後、処刑されるやもしれぬ。老い先短いわしだから、敢えて口を開いたのだ」

「なるほど。いつまでもそうやって怯えていたければ、何もしなければいい。それもおまえたちの勝手だ。おまえたちの恐れている次の総督は、酒と女に溺れて鍛錬も怠り、ろくに政務も行わない愚鈍な男だ。力も思ったよりないことは今わかっただろう。それでもひれ伏して、時には犬死する恐怖を甘んじて受けろ。——では、俺はここを去る。ベアトリーチェと共に生きる、道を空けてくれ」

ヴァレリオはベアトリーチェを横抱きにすると、階段を下りていった。

第七章

「ほら、ご覧なさい、お嬢さん。最後のページだけおかしいと思わなかったかい？　他のページは山羊革独特の毛穴が見えるが、最後だけはそれがない。つまり、羊皮紙ではなくて漉《す》き紙なんだよ」

行政長官邸にて。

教皇特使によりヴァレリオの出生が認知された後のことである。

ピッポがそう言って、ベアトリーチェが残した茜色の写本を見せてくれた。

光に透かして見ると、ヴァレリオの背中にあるのと同じ刻印が見える。彼の刻印を、どこかで見た気がしてならなかった。それは、祖父の写本の漉き紙の中にあったのだ。

透かし絵なのではっきりとは認識していなかったが、ベアトリーチェは無意識にそれを捉えていたのだろう。

「民衆には聞かせなかったが、懇願文書には続きがあるんだ」

ピッポがそこをかいつまんで教えてくれた。

『……クレメンスを同定するには、彼の左の背の印を確認されたし。刻印は巻末の透かしを参照のこと。『N・D』は『われらの総督』の頭文字である。
三百万オーロは今は廃墟《はいきょ》となっている聖ペルペトュス墓地庭園の石碑の下に埋蔵されている。墓碑名は『クレメンスの魂ここに眠る一四九〇』
尚《なお》、クレメンスの後見については、カッシーニ修道会、ファリオ修道会、およびファウスティーノ修道会の首位者あるいは先頭者に委ねるものとする。
ジャコモ・マルファンテ』

父、ピエトロがまだ財産はあるはずだ、と言っていたのはこのことだったのだろう。

ヴァレリオは受け取らない、と言って聞かないが、祖父の懇願文書は司教に宛てられたもので、その判断は教会に委ねられる。受諾されるのは間違いないだろう。

「今さらだが、ここでひとつ謝っておくよ。お嬢さん、申し訳なかった！　おいら、実はトリスタの旅籠でお嬢さんの入浴中に……」

「覗いたのか！」とヴァレリオが気色ばむと、ピッポがぶるぶるを首を振った。

「違う、違う。この写本をこっそり見せてもらっただけだよ」

「俺ですら耐えて見なかったのに、なんてことを」

ヴァレリオが憤然とピッポを睨《にら》んだ。ベアトリーチェは驚いて夫を見た。

「あなたも見たいのに我慢していたんですか？　茜色の写本を？」

彼も関心を持っていたとは気づかなかった。

「ああ。いかにも育ちのよさそうなお嬢さんがわざわざ監獄に面会にくるほど思い詰めさせるなんて、いったいどういう書物なんだろうと気にはなっていた。だが、そんな泥棒みたいな真似《まね》はできない、どこぞの軽業師と違ってな」

嫌味たっぷりなヴァレリオの物言いに、ピッポが弁明する。

「ヴァラム語がきっかけで監獄で知り合ったなんて、面白いじゃないか。それで、どんなお嬢さんかなと思って調べさせてもらったんだ。そうでなきゃ、昨日の今日で教皇特使を味方につけることは無理だ。……お嬢さんがカレンツ次期総督の許婚とは、これまたすごい巡り合わせだと思ったよ。……身分についちゃ申し分ない」

「何様だ。俺が相手の身分をどうこういえる立場じゃないだろう」

「フランチェスコ総督の嫡男にふさわしい女性でなくては、司教様が渋い顔をしたと思うよ。兄貴だけ知らなかったとはいえ、兄貴はずっと司教様の保護下にいたわけだから。出自の証明なんざいらねえや、っておいらは思ってたけど、なんとお嬢さんが持っていた」

そう言うと、芝居がかった所作で、ピッポは茜色の写本を掲げた。

「それで、この写本を見つけたことを早速、司教様に伝えたんだよ。いつでも援護できるよう手筈を整えておいてほしいと要請しておいた」

それで、教皇特使と従騎士団がこの城にやってきたということなのか、とベアトリーチェは拝謁《はいえつ》の終わった今も感動していた。

「カレンツの名総督を父にもつのだと、……オズヴァルド神父はいつも、そんなようなことをほのめかしていたが、俺は半信半疑だった。カレンツの総督になりたいなんて思ったこともないし」

ヴァレリオがそう呟くと、ピッポが言った。

「ほぼ確実だったんだけど兄貴は証拠、証拠、と言って取り合わなかったんだ。知らぬは本人ばかりなり。兄貴は、教皇庁はじめ、各教会の期待を一身に浴びていたんだぜ？　いくら兄貴が商売上手いからって、あれほど気まま勝手に暮らしていて不自由を感じたことがないのはなぜか、ようく考えてみなよ」

「教会からお情けを受けていたということか」

ヴァレリオは落胆の色を見せたが、ベアトリーチェは、それは光栄なことだと思った。教皇がカレンツの総督候補として、ヴァレリオに望みを抱いていたのだから。

「証拠も揃《そろ》ったしね。可愛い奥方様のために、一肌脱いだらどうだい？」

ピッポは茜色の写本を再び二人の前に差し出した。

「この写本には何が書いてあるんですか？」

ベアトリーチェの問いを継いで、ヴァレリオがピッポから写本を取り上げると言った。

「冒頭は大司教への懇願文で、その後に続くのは、詳細を説明する祖父上の手記になっているんだ。読んであげよう」

ヴァレリオは、赤い写本のページを繰ると、静かに読み始めた。


青い革の表紙に金箔押しの装丁が美しい。

ジャコモ・マルファンテはひとり悦に入っていた。

翼は飛躍を表し、『我らの総督』の銘にヴァラム文字を使ったのは、高邁《こうまい》な人物のステイタスシンボルと、教皇への敬意――ヴァラムは救世主の生まれた地であり、ロマーニ派は親教皇派だったからだ――を表している。

特別にあつらえた金枠で、透かし模様を入れ込んで作った漉《す》き紙は、われながらよくできた。

――これなら、総督夫人もきっと気に入ってくださる。

文芸に造詣の深いジャコモに、ロマーニ家の年代記の作成を依頼したのは、総督の妻だった。

ジャコモもそれを光栄に思い、二つ返事で引き受けた。趣向を凝らした装丁を、ひとまず夫人に確認してもらおうとやってきたのは、郊外の山荘である。

「大変美しい本になりますね。出来上がりを楽しみにしていますよ」

ベッドに上半身を起こして微笑む総督夫人のお腹《なか》は大きくせり上がり、数日以内に出産の運びとなるだろう。

「暴れん坊なので、元気な男の子が生まれると思います。名前ももう決めてあります」

「総督の世継ぎにまもなく見《まみ》えるのでございますね」

ジャコモも顔を喜びに輝かせた。ロマーニ家の繁栄は、カレンツの繁栄であり、マルファンテ家の喜びである。

「男の子だったら、クレメンスと決めています。年代記にもいずれ名前が載ることになるので、よく覚えておいてくださいね」

「はっ、恐悦至極でございます」

ジャコモは、その名をしっかりと記憶に焼きつけた。

臨月の妊婦のもとで、長居は無用と辞去しようとした時、執事が血相を変えてきて、総督の暗殺事件を告げる。

夫人は青ざめていたが、気丈に報告を聞き届けた。ジャコモも急ぎロマーニ城に戻って確かめて参りますと言って辞去しようとした時、夫人が苦しみだした。

衝撃のためか、急に産気づいたのだ。

ジャコモが総督夫人のヴィッラを出る時、微《かす》かに赤子の泣き声を聞いたような気がしたが、戻って確かめる間もなく、慌ただしく城へと戻った。

あの時、なぜそこに留まらなかったのかと、後々まで悔いた。

フランチェスコ総督を狙った暗殺者は、夫人にも狙いを定めていたのだ。

総督夫人に確認してもらうために持参した年代記用の装丁本と透かしの金枠をヴィッラに置き忘れてしまったと、自分の動転ぶりを恥じていた時、夫人の逝去の知らせがもたらされた。

カレンツの宗主、フランチェスコ総督が広場で暴漢に刺殺され、臨月だった夫人も山荘ごと焼き討ちに遭って落命する。期待されていた嫡子もろともにだ。

カレンツはこうして、動乱の渦に巻き込まれた。

ロマーニ家の年代記どころではなくなった。

この騒ぎを鎮《しず》めたのが現総督のカルロ傭兵隊長で、彼は犯人を総督の弟のエミリオと発表し、ろくに裁判もせずに処刑した。

ロマーニ家ならそんなやり方はしない。

協議と交渉により、そして多数決によって公平に審判を下すのだ。

しかし、コンスタンティーニ家は独裁的だった。

ロマーニ家のブロンズ像を破壊し、自分を英雄に置き換えた金の像を造り、ひれ伏して恭順の意を表せと市民に強要した。

ジャコモは危惧していた。

近い将来、カレンツは暴君の恐怖政治に震えることになるだろう。

ジャコモは恭順を拒んで城を去り、カレンツ郊外の領土に身を移した。公証人組合長の役職も辞し、ビチェリーノに隠棲することになる。

息子のピエトロは新総督に阿《おもね》る方向に舵を切った。

こうして父子は袂《たもと》を分かち、他人以上に冷たい関係となった。

ただ、動乱の三年後に生まれた孫娘に関しては、嫁が密《ひそ》かに会わせてくれることがあり、彼の新たな生き甲斐となった。

＊　＊　＊

ジャコモの手記を読み上げていたヴァレリオが、途中で顔を上げた。

「この孫娘というのがきみだ」

「お爺様《じいさま》は、総督夫人のお見舞いにいらっしゃったのですね……」

「公証人組合長であり、熱烈なロマーニ派だったジャコモ・マルファンテ氏は、総督夫人の依頼により、全てのページに件《くだん》の刻印が漉き込まれた小冊子に総督の年代記を書くことになっていた。エミリオの乱が起こった日、彼は刻印や紙の色を確認するために、総督夫人を訪ね、そこで暗殺事件を知ったということだ」

「そして、帰り際にあなたの産声を聞いたなんて――」

今、ここに祖父がいたら、どんなに喜ぶだろうと思う。

アルマンドではなく、ロマーニ家の嫡子であるクレメンス・ヴァレリオ・ロマーニが立派に成人し、自分の孫娘と結ばれたことを、きっと祝福してくれるだろう。

「お爺様はなぜそのことをずっと秘めていらしたのかしら」

「まだ続きがある……写本にはこう書いてある」

ヴァレリオは再び視線を落として続きを読んだ。


数年経ち、カレンツの状況はかなり劣悪になっていた。

第一線を退いて、隠棲するジャコモの生きがいは孫娘だった。

聡明《そうめい》で愛らしく、よく懐いてくれる。

孫のための鍵付き引き出しには、いつも彼女の喜びそうな玩具《おもちゃ》や菓子をしのばせていた。

そんな時、ジャコモは体調を崩し、熱にうなされて何日か寝込んだ。

夢に総督夫人が現れ、何かをしきりに訴えてくる。

ジャコモがカレンツを見捨てたことをお怒りなのだろうか？

いや、これは自分の心の問題である。

何が心に引っ掛かっているのかと、自問した結果、ヴィッラを出る時に聞いた赤子のような泣き声だということに気がついた。

――総督の嫡子は、あの時、生まれていたのではないか？

聞こえたのは産声《うぶごえ》ではなかったのか。

ジャコモは病が癒《い》えると、すぐさま、ヴィッラ周辺を訪ね歩いた。

どこかに生まれたばかりの赤子が匿《かくま》われていなかったかと。

本来なら夫人と一緒に燃えてしまったと考えるのが正しいであろう。

しかし、夫人の必死の訴えを見てからは――。

三年ばかり探し続けて、ようやく別の村に嫁いだ住民から、へその緒もついたままの赤子をヴィッラから連れ出したという話を聞いた。

総督夫人のお産が終わるまで、ヴィッラで下女として働いていた娘だった。

ヴィッラに火が放たれて、あっという間に燃え広がった時、夫人は産後で衰弱して動けず、下女が『奥様も一緒に逃げましょう』と言っても、『赤子を先にお願い』と言って下女を急がせ、そのまま動けなくなったらしい。

赤ん坊は男の子で、背中に焼印が押されていた。

夫人が、生き別れになった後も必ず見つけ出せるように、手元にあった漉き紙の金枠を火で熱してつけたものと思われる。

下女は、その時、通りかかった巡礼僧に嬰児《えいじ》を預けたが、どこの教会のどういう名前の神父だったかも覚えていなかった。

ジャコモは、また捜さなくてはならなかったが、その後の何年かの捜索は希望に満ちていた。総督の息子が生まれていたことがはっきりしたからだ。

ヴィッラ周辺の教会をしらみつぶしに訪ねて歩き、赤子を引き取った巡礼僧がいなかったかと訊《き》いた。

前総督の息子の存在をできるだけ人に知られないよう、単独で探していたため、それは随分と時間がかかった。

その結果、ジャコモは何年もかかって、ようやくカッシーニ修道会のオズヴァルド神父の存在にたどりついた。彼こそが、クレメンスを託されたその人である。

エミリオの乱から十三年が経っていた。

ジャコモはこれまでのいきさつを書き留めたが、オズヴァルド神父にもクレメンス本人にも会えないうちに病に倒れたのだった。

「手記はここで終わっている。きみの祖父上は、俺の存在が公にならないように、極秘で調査をした。おそらく家人《かじん》にも誰にも打ち明けず……人づてにその存在がコンスタンティーニ家に知れれば間違いなく抹殺されるからだろう」

「お爺様は、志半ばで倒れて、どんなに心残りだったでしょう」

「オズヴァルド神父は兄貴に、ロマーニ家の嫡男かもしれないと打ち明けていたのに、兄貴は信じずに旅立ってしまったんだ。そこでおいらの出番だ。人捜しに雇われてね」

と、ピッポが自分の素性を打ち明けた。

「おいらはこう見えても聖職者なんだ。従騎士とでもいうか……」

これについては、既にヴァレリオは聞いていたようで、驚きの表情は少ないが、まだ信じがたいという顔つきだ。

「どこにも敬虔《けいけん》さの欠片も見えない聖職者だな」

「身軽さを買われての任務だから仕方ないさね」

「ピッポさんが聖職者……。それで、任務は何だったのですか?」

ベアトリーチェが尋ねると、ピッポは少し誇らしげな顔になった。

「オズヴァルド神父から相談を受けた司教様からのご命令で、兄貴の足跡をたどってヴァラムに行き、こっそり監視していたってわけだ。ブニーズで兄貴の目につくところでもめ事を起こした。兄貴がそういうのを見過ごせない性質だってことはじゅうじゅうわかっていたからねえ」

「ヴァラムに行った時、俺は十三歳だったんだが? ピッポはいったいいくつなんだ」

確かに、ピッポは小柄なので若く見えるが、ベアトリーチェは時々妙に落ち着いた、老獪さを彼に感じていた。

「実は兄貴より年上なんでさ。若いふりをしていてすまない！」

「くっそ、騙《だま》したのか。年だけじゃなく、わざともめ事を起こして俺と関わろうとしたとは」

「いくら多勢に無勢だからっておいらが簡単に叩《たた》きのめされるわけないだろ？　あっさり信じてくれて、申し訳なさでいっぱいだ。そういうところが、お坊ちゃんなんだよ、兄貴は」

「全然申し訳なさそうに聞こえないんだが」

ヴァレリオは不服顔でピッポを睨み、ひと言やり返したが、ベアトリーチェに向き直ると照れくさそうな微笑を浮かべた。

「……というわけだ。ロマーニの末裔だからという理由ではなく、きみを愛しているからこそ、きみの故郷や家族も守ろうと思う。共和制が落ち着くまでの間だけ、臨時総督を引き受けることにした。かつて栄えたカレンツを取り戻し、市民が怯《おび》えることなく暮らせるようにする。だが、あくまで臨時だ。きみは……それでいいか？」

はい、と頷き、ベアトリーチェは差し含む涙を細い指でそっと拭った。

「もったいない、続けられるだけ続けたらいいのに、兄貴。教皇特使もおっしゃっただろう。兄貴を総督に任命するって。市民の熱い要求もある」

ピッポは惜しそうに言ったが、ヴァレリオの決心は変わらないようだ。

長く続ければ、いずれは市民を処刑せざるを得ない時がやってくるだろう。

ベアトリーチェの嘆きを知っているから、彼は総督の座に居座ることを拒むのだとわかる。

「ありがとう、あなた」

　でも、大丈夫。

　ヴァレリオがやむなしと判断し、裁判でもそう決められたのならば、それはきっと正しいのだろう。アルマンドの私刑とは全く別のことなのだ。

　ベアトリーチェは臨時総督の任期が切れる頃に、彼にそう告げようと思っている。

「ところで、ここだけの話ですがね、お嬢さん」

　ヴァレリオが席を外した隙に、ピッポがベアトリーチェに耳打ちした。

「これだけは絶対に許してもらえそうもないから兄貴には言えないが、……アルマンドの女官が何か言わなかったかい？」

「え……？　エルダのふりをしてわたくしを連れ戻した女性ですか？」

　そう言って、室内を見回すと、今も彼女は置物のように壁際に立ち、細い目でこちらを見ていた。

「ああ。あれはおいらがコンスタンティーニ城に差し向けておいた間諜なんだ。アルマンドも知らないんだが、お嬢さんを誘拐というか連れ戻す役割を果たしたが、危険な目に逢わせないよう細心の注意を払っていたはずで、まあ……かなりヤバかったけどいざという時にはお嬢さんの味方をすることになってたんだ」

「あ……そういえば。この部屋から逃がしてくれた時に……」

彼女は地下牢に急げと背中を押してくれた。牢番を眠らせてある、とも言っていた。

アルマンドの使いとしてマルファンテ家にも時々見かけるようになったのはここ一年ほどだった。彼女なら、コンスタンティーニ城の警備兵に一服盛ることも可能だろう。

「そうだ。お嬢さんの様子についても、逐一窓から合図をしてくれていたんだ。まだ大丈夫、とか、もう突入しろ、とか……敵を騙すには味方からってね……そんなわけで、ギリギリのところでお嬢さんの身の安全は守られたはずなんだが、随分恐ろしい思いをさせちまって申し訳ない！　兄貴に言ったら袋叩《ふくろだた》きじゃすまないから……このとおりだ」

ピッポが平謝りに謝るのを、ベアトリーチェはただ驚いて見つめるばかり。

「わかりました。彼には言いません。でも、なぜそんなことを？」

「おいらはずっと、兄貴をカレンツの総督に担ぎ上げるために動いていたんでさ。兄貴の人柄はあのとおりだ、情もあるし腕も立つ、頭もいいんだが如何せん、欲がない。ああでもしなきゃ、兄貴は動かないんで……」

確かに、とベアトリーチェは納得した。

ピッポが教会から託されていた任務がようやくわかってきた。

「女官の名はアントネッラというんだ。口も堅いしよく働くので、兄貴が臨時総督になって後も、よかったら使ってやってくれると嬉《うれ》しいんだが」

「はい。そのようにヴァレリオさんにはお伝えします。もしだめならお爺様の残したお邸で働いてもらいますね」

「懐《ふところ》が深いお嬢さんでよかった。じゃ、おいらの任務はここまでだ。兄貴をよろしく頼んだよ」

「えっ、ピッポさん、どこへいらっしゃるんですか?」

「カレンツみたいな問題のある町で、世直しをするつもりだ。ここはもう安泰だろうから、おいらの仕事はない。兄貴には会わずに行くよ」

「そんな、お待ちください。ヴァレリオさんにひと言だけでも――」

ベアトリーチェは引き止めたが、ピッポはそう言うとひょいと軽い身のこなしでテラスから飛び降り、忽然と姿を消したのだった。

＊　＊　＊

長いバスタブに体を沈めて、薔薇の花びらを身にまとう。

香りのついた湯に浸かっていると、これまでの怒涛の日々の終わりを感じて目が潤んでくる。

ここはベアトリーチェが祖父から相続したビチェリーノの邸である。

「ベアトリーチェ……きみはカレンツ一、いや世界一美しい」

ヴァレリオが手桶《おけ》で湯を彼女の肩に流しかけながら言った。

ベアトリーチェは今、彼の足の間に座らされている。

「旦那様、狭くはありませんか？」

「狭いくらいなんでもない。トリスタできみがいなくなったのは、風呂が別々なのがいけなかったんだ。あの時は肝を冷やした……今も思い出すとぞっとする」

「ごめんなさい、心配をかけて。でも、一騎打ちなんて……わたくしも、胸がつぶれそうだったわ」

「きみを取り戻すためなら何でもする」

その言質をピッポにとられて、臨時独裁執政官を任命されたことは、ベアトリーチェにとっては誇らしいが本人はいたって迷惑そうである。

「もう二度とあんな心配はかけないという、約束のキスをしてくれ」

夫に強請《ねだ》られて、ベアトリーチェは彼の肩に手を預けて口づけをする。

触れ合うだけのような、やさしいキスから始まったが、すぐにヴァレリオのほうから熱っぽく返され、深い口づけになる。

舌と舌を触れ合わせ、頬《ほお》張るように求める。

そうしている間も、彼の指はベアトリーチェのつんと尖《とが》った乳頭を捉え、指の腹でやさしく転がしたり、手のひら全体で包んでもみしだいたりして、新妻の官能にたやすく火をつける。

さらに、大きな手でベアトリーチェの腰を抱えて引き寄せ、自分の下腹に彼女の花びらをおしつける。

「ん……ううん」

思わず小さな唇から熱い吐息がこぼれる。

湯の面が揺れて薔薇の花びらが甘い香りを立ち上らせた。

彼女は細い腕を夫の首筋に伸ばして絡みつかせ、彼の頬に自分の顔を摺り寄せる。

乳首が彼の胸に当たり、じんじんする。

とうに臨戦態勢に入っていた彼の肉棒がベアトリーチェの柔肌を圧迫し、突入するのを待っていた。

「あ、……こんなに大きいの……」

「無理か？　どうしてもこらえきれないんだ」

ベアトリーチェは無言で頷き、足を少し開いた。

バスタブの中で、うまく開けないでいると、彼の指がそっと確かめるように蜜壺に触れた。

「……っ、あ、……ん」

わずかの刺激で足先まで快感が走り、ベアトリーチェの背筋が一瞬強張《こわば》った。

「立ってみようか」

彼はそう言って妻をそのまま抱き上げる。

ぱしゃりという水音がして、ひょいと持ち上げられ、ベアトリーチェは濡《ぬ》れた体で夫にしが

みついた。湯船で語らいあっているうちに、すっかりのぼせ、彼女の肌は桃色に染まっている。

ヴァレリオの腕からそっと降ろされ、タイルの壁に手をついて寄りかかると、彼が背中にかぶさってきた。

そそり立った剛直がベアトリーチェの尻の谷あいに当たり、ゆるゆると花芯へと滑り込んでくる。肉洞ではなく、外側を擦られるのも気持ちよく、ベアトリーチェは壁に手をついたまま、息を荒げて待った。

「もうひくひくしてる」

「あなたのも――ぴくん、ってなったわ」

「ああ、そうさ。……きみを焦らす余裕もない」

妻を連れ去られて引き離されたヴァレリオの衝撃は相当なものだったようで、再会してからは片時も離れず、周囲が呆れるほど寄り添っている。

入浴時も例外ではない。

「こうして繋《つな》がっていれば、誰にも引き離せないからな」

そう言って、彼はベアトリーチェの濡れ襞《ひだ》を探り当てると、勢いよく挿入《はい》ってきた。

「あ、……っ」

何度となく経験しているのに、この瞬間は身構えてしまう。

「ああ、ベアトリーチェ……素敵だ」

「ヴァレリオさん――」

「可愛い妻、俺の命――たまらなく好きだ」

重なるように繋がった状態から、腰を引き、ベアトリーチェの内部をえぐりながら彼が出ていき、それでまた背筋を稲妻が走るような感覚に悲鳴をあげた。

「ひ、……、あ、達《い》っちゃ、だめ――」

「これならいいのか？」

再び最奥まで貫かれ、ベアトリーチェは白いのどを反らせた。

焦らす余裕がないと言ったとおりに、彼は性急に突き上げてきた。

「あ、ぁ、ん、ひっ」

突き上げられる数だけ官能の溜息《ためいき》が漏れる。

彼の肉棒にかきまわされて、糊のような甘露がとろとろとあふれ出す。

足がガクガクと震えて、膝から崩れそうになる。

ベアトリーチェの下腹に手を回し、自分の腹にその背中を密着させ、ヴァレリオはさらに激しく突き上げた。ベアトリーチェの膣《ちつ》洞から背筋へと、絶頂が駆け抜ける。

ひときわ大きく体を波打たせると、悩ましい嬌声を上げて彼女は上り詰めた。

ほとんど同時にヴァレリオが低く呻《うめ》いて、彼女の中に吐精した。

その瞬間、ベアトリーチェの頭に、カレンツの民衆の歓声が聞こえた気がした。

エピローグ

「お嬢様、御髪《おぐし》はこれでよろしいですか」

エルダが嬉々《きき》として問いかける。鏡には、丁寧に梳《くしけず》られて結い上げられ、真珠の髪飾りをあしらったベアトリーチェの姿が映っている。ひと月かけて仕立てた白いシフォンを重ねたドレスに白いヴェール。

トリスタでひっそりと行われた結婚式で着たドレスとは違う豪華なものだが、あの日のドレスは今もベアトリーチェの宝物だ。

「お嬢様がご無事で……本当によかった……」

地下牢に監禁されていたマルファンテ家の人々もみな釈放され、エルダと再会できた時のことを今も思い出す。彼女はベアトリーチェの顔に幸福感が満ちているのを見届けると、へなへなと腰を抜かしてしまい、しばらく立ち上がれなかった。

「実は、……あの時、手を離してよいものか迷いました」

と、彼女は打ち明けた。あの時というのは、ヴァレリオがコンスタンティーニ城からベアトリーチェを攫《さら》った日のことだ。

「お嬢様の恋い焦がれたお相手だとぴんときましたから。囚人さんの……あ、失礼しました、クレメンス総督閣下の目を見た時、ああ、この方ならお嬢様を幸せにしてくださる、という直感が働きました。それで、私は思い切って手を離したのでございます」

「ありがとう。でも、あなたは責められたのではないかと向こうでも心配だったの」

「あの場には旦那様もいらっしゃいましたから、私をお責めになることはありませんでした」

そのピエトロは、アルマンド失脚の折に、ダニエラと共にカレンツを去った。

残された家人たちと一緒にマルファンテ家で過ごすベアトリーチェだったが、それも今日で終わりだ。

「奥様、お時間でございます」

目の細い女官が呼びにきた。

「ええ……今、参ります」

カレンツを上げての総督の婚礼が始まる。

広場から禍々しい彫像は撤去され、呼び戻された芸術家によって新しい、平和的な彫刻がこれから作られることになっている。

美しい楽曲が鳴り響き、曲芸師や劇団も戻ってきた。

その中にピッポの姿はないが、いつかまたひょいと現れるだろう。

ロマーニ家の嫡子が突然現れ、アルマンドに打ち克ったその日のことを『無血革命』と人々は呼んでいる。誰ひとり処刑されることなく、アルマンドは失脚し、――私刑をやめよという教会の警告に背いたかどで――教皇庁にその身柄を拘束された。

プーレ広場はいまや処刑場ではなく、定期市が開かれ、芸術家たちが腕前を披露する場となった。独裁の傷痕はまだ完全には消えないが、ジャコモの遺産により、飢えた子どもたちを収容する養育院や救貧院の建築も始まった。

無残に遺体を曝《さら》されていた犠牲者の墓も作られた。

カレンツの救世主は、やはりヴァラムにいたのだと思う。

漆黒の双眸《そうぼう》に笑みを浮かべてこちらを見ている、その人だ。

正装し、総督の印である緋のマントをまとった美しい青年が、花嫁を迎えにきた。

彼が手を差し伸べる。

ベアトリーチェはうっとりとその瞳を見つめ、そっと手を伸べた。

人々の歓声が沸きあがる。

祝福の鐘が鳴り始め、カレンツ中に穏やかに響いていった。

あとがき

みなさまこんにちは、如月《きさらぎ》です。

初めましての方もいらっしゃると思いますが、蜜猫文庫さんでは三冊目になります。

そして、なんと三冊とも四月刊です。ということで……

蜜猫文庫様、三周年目突入おめでとうございます。

如月なのに毎年四月っていうツッコミは、なしで（笑）。


ところで、いつもあとがきネタに困っているんですが、今回のストーリーの重要アイテムが写本ということで、写本のお話をしたいと思います。

このお話を思いついたのは、随分前にカルチャーセンターで『写本』の講義を受講しまして、その時に、「イタリアの書籍商が手書き写本の人件費節約のために監獄の囚人に書かせる」と聞いたのがきっかけです。それまで、筆写は修道士の仕事だと思っていたので（実際そうなんですが）囚人に書かせるという発想が印象に残って、その時は小説のネタにしようとは思っていなかったのですが、プロットを考えている時にふと思い出したというわけです。

如月は写本が好きです。

絵の発色の良さといったら、何百年も経っているのに色褪せていないのです。主に鉱物顔料のようです。文字も美しいですね。でも書体によっては、mとnが続くとどこが境目なのかわからなくなりますが……あと、中世の写本には大文字がなく、句読点もなかったようです。

写本の値段ですが、ルネサンス期より少し前の時代で、文法教授の半年から一年分の給料分に相当する、と言われています。

今の時代に写本を手に入れようとするとどうなるか……といいますと、如月の地元の某美術館にある写本は一千万円以上したのではないかと言われています。

「ヨハネの黙示録」の講義をしてくださった教授は個人で黙示録の写本を買われたそうですが、それも何百万円だったという話でした。とにかく写本は（現代では一級資料であり骨董的価値も付加されて）高価です。

本作のヒロインはヴァラム語（如月の造語です）の写本を解読しようとしています。写本の蘊蓄も少々入っています。

初稿では、もっとたくさんの蘊蓄を書いたのですが、「これロマンス小説じゃないですよね」みたいな感じになって、写本関連についてはかなり削りました。

というわけで、写本とか羊皮紙というキーワードに心がキュンキュンしてしまう如月のオタク語りでした。

先日、読者様から年賀状と感想のお手紙をいただきましたので、お返事に羊皮紙の欠片（名刺大です）を添えてお出しすることにしました。

これは写本の講義の時に、教授がマンションのバスタブで作ったという、国内で自家生産された羊皮紙を分けていただいたものです。

もし、羊皮紙を見てみたいなあと思われた方は、ツイッターのＤＭなどでお問い合わせくださいね。毛穴とか本当にあって軽い感動を覚えます。

さて、恒例の人物紹介など。

◆ベアトリーチェ：総督の側近を父にもつお嬢様。『カレンツの宝石』と言われる美女です。
◆ヴァレリオ：出自不明の青年。居住地も定めずフラフラしていますが、いろいろな地方を廻って暮らし、多言語を操る。
◆ピッポ：この名前、変じゃないですか？　一括変換で直そうか……とも思ったのですが、人名事典から、面白そうなので拾ってきて、やっぱり彼らしい名前だなあとそのまま採用です。謎の軽業師。
◆ジャコモ・マルファンテ：ヒロインの祖父。元、公証人。文学・芸術に造詣が深い。
◆ウバルド：書籍商の店主。このお方が二人の縁結び。
◆アルマンド：次期総督であり、ベアトリーチェの許嫁。

ネタバレになるといけないのでこれくらいで、あまり紹介にもなっていませんが。


そうこうしているうちに紙面も尽きてきました。

イラストをお引き受けくださったDUO BRAND様、美しいイラストをありがとうございました。ヒロインの美脚に例のものが！　再現してくださって嬉しいです。

編集担当様、今回もギリギリ進行になり、ご迷惑をおかけしてすみませんでした。

そしてお手に取ってくださった読者の皆様、ありがとうございました。お楽しみいただけましたでしょうか。それともこれからでしょうか。いつも感謝しております。

それではまたお会いしましょう。

如月

蜜猫 Mitsuneko Label

蜜猫文庫をお買い上げいただきありがとうございます。
この作品を読んでのご意見・ご感想をお聞かせください。
あて先は下記の通りです。

〒102-0072　東京都千代田区飯田橋 2-7-3
(株)竹書房　蜜猫文庫編集部
如月先生 /DUO BRAND. 先生

溺愛志願
～恋人は檻の中～

2016 年 4 月 29 日　初版第 1 刷発行

著　者　如月　©KISARAGI 2016

発行者　後藤明信

発行所　株式会社竹書房
〒102-0072 東京都千代田区飯田橋 2-7-3
電話　03 (3264) 1576 (代表)
03 (3234) 6245 (編集部)

デザイン　antenna

印刷所　中央精版印刷株式会社

Printed in JAPAN
ISBN978-4-8019-0709-6　C0193
この作品はフィクションです。実在の人物・団体・事件などには関係ありません。

如月
Illustration すがはらりゅう
生贄の花嫁
背徳の罠と囚われの乙女
いやだって？ こんなに蜜を溢れさせてねだっているのに
「まるで私が下僕のようだな。跪いて体を洗ってやるなんて」三日だけという約束で自動人形のふりをして伯爵家に納品されたヴィオラは、買い主である伯爵令息アレックスに執拗に愛される。入浴させられ、いやらしく触れられても声を出さずに耐えたヴィオラだが、結局は彼の罠にかかり正体を曝かれて、彼の尋問を受けることに。処女を散らされ朝夕問わず激しく抱かれて淫らに変わっていく身体。彼はずっと傍にいろと言うけれど――!?

蜜夜
薔薇の花嫁は愛に溺れる
如月
Illustration KRN
辛そうに声を殺す
きみもたまらない
負傷した鳩を助けたのがきっかけで伯爵アルフォンスの居城に連れてこられ、男装の女性であると知られてしまったリディ。彼女はアルフォンスの探す優れた医術を持つ一族の末裔だった。お互いに秘密のあるまま惹かれあい、流されるまま結ばれてしまう二人。「止められない。おまえの中に入りたい」彼の情熱を受け激しく愛されて悦びに震えるリディ。だがアルフォンスが一族を探していたのは昏睡状態の婚約者のためだと知り!?

覇王の花嫁
御堂志生
Illustration サマミヤアカザ
おまえの可愛い
声が聞きたい
王位を狙う者の陰謀に利用され、強国シュヴァルツの覇王であるジークフリートと牢獄で婚姻の契りを結ばされたアリシア。陰謀は失敗に終わったが己の低い出自を気にするジークはアリシアを故郷に帰そうとする。しかしアリシアはジークをただ一人の伴侶と慕っていた。「最初のときより、気持ちいいって顔だ」彼女を受け入れたジークに改めて抱かれ、悦びに震える身体。しかし平民出身の彼を慕う国民は王族であるアリシアに反発して⁉

置き去り姫と
黎明の騎士王
小出みき
Illustration ことね壱花
身も心も、俺が
奪ってやる
実母に疎まれ、陥落寸前の城に置き去りにされたリジィア。彼女を捕らえた敵将アンジェロは、リジィアの父によって殺された先王の遺児だった。人質としての価値もないリジィアを苛立ちのままに陵辱するアンジェロ。「強情な女だな。快楽を極めれば、少しは素直になるだろう」巧みな性戯に翻弄され、痛みの中にも覚えてしまう甘い悦び。時に彼女を憎むようなことを言いながらリジィアを厚遇し、毎日のように抱く王子の真意は!?

溺愛偽婚
新妻は淫らに乱され
すずね凜
Illustration ウエハラ蜂
意地悪王×ツンデレ王妃
両国の安定のため、幼い頃意地悪をされたアルランド国王オズワルドとの結婚を決めたクリスティーナ。再会した彼は逞しい美丈夫に成長していたが、昔されたことや、皮肉っぽい態度にとても素直になれない。迷いつつ迎えた初夜、情熱的な愛撫でクリスティーナを翻弄するオズワルド。「すぐに君から私を欲しいとねだるようにさせるさ」からかいながらも甘く求めてくる彼に、悔しく思いつつときめいてしまうクリスティーナは!?

七福さゆり
Illustration 坂本あきら
王子様との危険な遊戯
もう逃がしてなんてあげないよ
妹のせいで男遊びの好きな性質であると噂され、誤解を受けるリーゼは、国王夫妻から弟王子クロードの性の手ほどきをするよう頼まれてしまう。クロードはリーゼの初恋の相手だった。彼と話をしたくて話を受けたリーゼにクロードはからかうように触れ翻弄してくる。「身体を見せてくれるのではなかったのですか?リーゼ先生」教えるはずが教えられ、悦楽に溺れるリーゼ。教育係にすぎない彼女に愛を囁くクロードの意図は!?